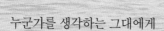

누군가를 생각하는 그대에게

_____ 님께

_____ 드림

누군가를 그리워하고
누군가를 사랑하고
누군가를 위로하고
누군가로부터 위로 받으며
사는 것이 인생입니다.

못다한 공감편지

못다한
공감편지

초판 | 1쇄 인쇄 2018년 02월 10일
초판 | 1쇄 발행 2018년 02월 15일

지은이 | 신성호 외 64인
펴낸이 | 심윤희
편집인 | 윤문원

펴낸곳 | 씽크파워
출판등록 | 2005년 10월 21일 제393-2005-15호
주소 | 서울 종로구 명륜동 2가 22번지 토가빌딩 5층
전화 | 02-817-8046
팩스 | 02-817-8047

ISBN ISBN 979-11-85161-18-1 (03810)

국립중앙도서관 출판예정 도서목록(CIP)

못다한 공감편지 / 지은이 : 신성호 외 64인 - 서울 : 씽크파월, 2017

ISBN 979-11-85161-18-1 03810 : ₩13,000

수기(글) [手記]

818-KDC6

895.785-DOC23   CIP2017031880

못다한
공감편지

신성호 외 64인

씽크파워
THINK POWER

아! 바로 내 이야기이구나

마음을 내려놓고 고백하는 편지 사연입니다. 개인적인 사연이기도 하지만 자기 삶의 모습일 수 있는, 누구나 공감을 불러일으키는 이야기입니다.

책을 펼치면 애잔한 사연이 감동을 줄 것이며, 여러 추억이 떠오를 것이며, 마음속 깊은 곳에서 사랑의 물결이 용솟음칠 것이며, 마음의 위안을 느낄 것입니다.

특별한 한 사람만의 이야기가 아닌 65인의 다양한 삶을 살아온 분들이 쓴 소소한 사연으로 많은 생각을 하게 합니다.

그동안 꽁꽁 묻어둔 평범한 가정주부의 '슬픔은 인제 그만'에서 눈물 어린 삶, 또한 암을 앓고 있는 중년의 '내년에도 저푸른 숲을 볼 수 있을까?'에 생에 대한 절절한 사연, '어느 여중생의 마지막 유서'는 남아있는 어른들에게 경종을 울려주며, 가족 간의 사랑과 애틋한 사연 고백, 부모님과 형제자매와의 애증과 갈등을 진솔하게 표현하여 '가족이란 무엇인가'를 다시금 생각하게 합니다. 각각의 사연들이 '아! 바로 내 이야기구나' 하면서 공감할 것입니다.

이 책 출간을 기획한 '행복문화포럼'에서는 다양한 삶을 살아오신 여러분의 이야기와 추억을 서간체 에세이로 꾸몄습니다. 행복, 사랑, 가족, 추억, 위안, 반성, 회한, 죽음… 그 소재만으로도 가슴이 설렙니다.

SNS 시대에 좀처럼 편지를 쓸 기회가 없지요. 하지만 편지는 마음을 내려놓고 마음 깊숙한 생각을 진솔하게 표현하기에는 참 좋습니다. 기꺼이 편지 형식으로 자신을 드러내 주신 65명의 필자께 무한한 존경과 감사를 드립니다. 그리고 어려운 여건에도 기꺼이 출간을 맡아주신 편집위원장 윤문원 작가님, 김종근 박사님, 민지영 연구원께 깊은 감사를 드립니다.

(사) 행복문화포럼 이사장 신 성 호

차례

제3장

사랑이 있는 풍경

제4장
위안이 있는 풍경

제1장

애잔함이
있는 풍경

슬픔은 인제 그만

조다연
주부

눈에 넣어도 아프지 않을 내 새끼들! 부족함이 많은 엄마의 마음을 오랜만에 전해본다.

엄마는 방앗간 집 멋진 남자 너희 아빠를 만나 결혼했다. 그 당시 친구들은 부러워했지만, 행복은 잠깐이었어. 아빠는 전자대리점을 했었는데, 할머니가 돌아가시면서 우울증에 빠져 방황하며 엄마를 매우 힘들게 했었다. 그래도 엄마는 아빠를 사랑했기에 너희 1남 2녀를 낳아 예쁘게 키웠어.

아빠는 너희에게 끔찍이도 많은 사랑을 주면서 행복해했는데 청천벽력 같은 일을 당했지. 심장마비로 갑자기 아빠를 하늘나라에 보내고 슬픔 속에 살아야만 했던 어린 너희들! 그런 너희를 보고 있으면 눈물이 앞을 가릴 뿐이었다. 너희들 볼까 봐 재워놓고 이불 쓰고 울었고, 그리움과 설움이 북받치면 화장실에서 물 틀어놓고 울었던 지난날이 주마등처럼 스쳐 가는구나. 너희를 생각하면 지금도 애잔하게 가슴이 저미어온다. 기쁠 때나 슬플 때나 그리운 너희 아빠 그림자라도 보고 싶었다.

다행히도 너희는 어릴 때부터 서로를 위하면서 건강하고 착하게 자라주었다. 엄마는 마냥 슬픔에 젖어 있을 수만은 없어 너희 뒷바라지를 위해 작은 뷔페식당을 하던 중에 건물주가 외국으로 도망가는 바람에 아무것도 건질 수가 없었어. 숨이 멈출 정도로 힘들었지만, 너희가 있었기에 무엇이든 닥치는 대로 일을 해야만 했다. 가을이면 추수한 쌀을 팔기 위해 엘리베이터도 없는 4층까지 후들거리며 계단으로 배달까지 했었지. 힘들어 지칠 땐 울타리와 같은 버팀목인 너희를 보며 힘을 냈다. 밤늦게까지 고생하는 엄마 모습을 보고 외할머니와 외삼촌 등 가족이 큰 도움을 주었어. 어려울 때마다 피할 길을 주었던 가족에 대한 감사함을 잊지 않고 있다.

어둡고 캄캄한 긴 터널을 지나 여기까지 왔어! 아픔 속에 살아왔지만, 너희 모두 성인이 되어 각자의 분야에서 밝은 모습으로 열심히 생활하고 있기에. 요즘 엄마는 아픔의 눈물이 아닌 감사의 눈물을 흘리면서 기도한다.

큰딸 나리야! 넌 친구 같은 딸이다. 좋은 사위도 보게 되어 고맙고 이제 아픔은 다 잊고 태중에 아기를 생각하며 행복만을 꿈꾸기 바란다. 우리 손자 건강하게 태어나 기쁨으로 만나자.

작은딸 하리! 초등학교 때 모르는 할머니 짐을 들어다 주어 그 할머니께서 선생님께 말씀을 해주셨던지 학교에서 엄마를 뵙자는 연락을 받고 갔더니 교장 선생님께서 칭찬을 해주셨을 때 흐뭇함과 기쁨이 넘쳤었다. 지금도 그날을 잊지 않고 있다.

멋진 아들 승리! 아빠와의 추억이 없었기 때문에 엄마는 마음이 아프다. 어려서 엄마와 목욕탕에 다니다 다섯 살이 되면서 남탕에 보냈더니 다른 아이들은 아빠와 함께 오는데 혼자라서 가기 싫다고 했을 때 가슴이 먹먹해졌다. 초등학교 1학년 때 어느 친구가 승리 아빠는 하늘나라에 가고 없다는 말을 듣고 학교에 가고 싶지 않다고 했을 때 혼자 공원에 앉아 통곡했다. 그럴 때마다 엄마는 더 큰 사랑으로 키우리라 다짐했다. 그런 엄마의 마음을 너도 아는듯하여 고맙다 긍정적인 생각으로 꿈을 향해 도전하는 멋진 아들이 되어주길 소망한다.

고마운 내 새끼들! 사랑한다.

기쁠 때나 슬플 때나 그리운 너희 아빠
그림자라도 보고 싶었다.

하늘나라로 떠난 당신에게

—
설근태
유네스코 한국위원회 홍보대사

여보, 눈을 감고 가만히 불러봅니다.

당신이 내 곁을 떠난지 어언 13년의 세월이 흘렀네요. 때로는 방황도 했고 술도 마셔 보았으나 어쩔 수 없는 현실! 그래도 자식들이나 지인들에게 추한 모습은 보이지 않으려고 굳건히 살아왔습니다.

돌이켜 보면 문득문득 당신과 살아온 38년의 세월 속 애잔한 추억들이 주마등처럼 떠오른 것이 어찌 한두 번이었겠습니까? 지금 생각하면 당신은 나의 분신이었고 나의 수호천사였소.

지나온 38년, 둘이서 함께 걷던 그 길, 이제 혼자 걸어가는 쓸쓸한 신세에 가슴이 미어집니다. 당신이 남기고 간 발자취, 빈자리가 그렇게 클 줄은 몰랐습니다. 지나온 세월 둘이서 함께 했던 수많은 추억이 어두운 밤거리의 주마등처럼 스쳐 지나갑니다. 힘들어서 함께 눈물을 흘리던 일, 아이들의 작은 재롱에 웃으며 즐거워하던 일, 좋은 이웃들과 함께했던 일들이

지나온 세월 둘이서 함께 했던
수많은 추억이 어두운 밤거리의
주마등처럼 스쳐 지나갑니다.

엊그제 같은데 당신을 볼 수 없다니 억장이 무너집니다.

공직에 있는 동안 늘 곤궁한 생활이었지만 당신은 불평 한마디 없이 묵묵히 따라 주고 오히려 나에게 용기를 주곤 했지요. 그래도 아시아개발은행(ADB)에서 근무하던 마닐라 생활과 비자 인터내셔널(Visa International)의 국제이사로서 활동하며 세계 각국을 주유(周遊)하던 때가 우리 생에 가장 행복했던 시절이 아니었을까 생각해봅니다. 마닐라에서 ADB 패션모델로까지 선발되어 출연했을 때 당신에게서 미처 보지 못했던 또 다른 면모를 볼 수 있었습니다.

쪼들린 살림만큼이나 셋방살이 전전하며 수 없이 이사도 많이 했는데 그럴 때마다 이사는 언제나 당신 몫이었습니다. 단한 번 2004년 10월 당신이 병실에 있을 때 혼자 이사를 했습니다. 새로 단장하여 곱게 꾸민 새 아파트에서 둘이서 여생을 즐기고 싶었는데, 끝내 그 집에 들어서 보지도 못하고 당신은 먼 하늘나라로 떠나보낸 것이 한없이 아쉽습니다.

비록 당신의 육신은 떠났지만 소중한 유산을 남겼습니다. 3남매가 우리보다 더 좋은 세상에서 제 갈 길을 가며 살아가고 있습니다. 특히 둘째 딸 태경이는 당신이 마지막 입원했던 대학 병원 교수가 되어 중동 아랍에미리트 두바이 왕립병원에서 전문의로 국위를 선양하고 있답니다.

이 세상에서 당신이 못다 한 일은 이제 모두 잊으세요. 저도 머지않아서 당신 곁으로 갈 터이니 고통이 없는 하늘나라에서 영원한 행복 누리소서.

채소가 준 행복 바구니

손숙미
가톨릭대 교수

2002년 남편이 제주도 의과대학으로 직장을 옮기면서 제
주대학 뒷산에 있는 전원주택에서 살게 되었다. 난 주말에 제
주도 집 부엌에서 창밖을 보면서 설거지하는 것을 좋아했다.
창문을 살짝 열어젖히면 문틈으로 시원한 바람이 살랑살랑 들
어와 내 볼을 간질이는 게 기분이 그렇게 좋았다.

남편은 그즈음 사진에 취미를 붙여 블로그를 만들고 구름
사진을 찍어 올렸다. 제주의 구름은 어떤 때는 사자도 되고 호
랑이도 되어 포효했고, 어떤 때는 내가 어릴 때 살던 거제도
고향처럼 산으로 겹겹이 둘러싸인 집과 끝없이 펼쳐진 바다도
만들어냈다. 그는 사진발이 잘 받는 노란 유채꽃과 하얀 갈대
숲을 유난히 좋아했는데 마땅한 사람이 없다고 하면서 나를
모델로 세웠다. 행복한 나날이었다.

그러던 어느 날 남편은 등이 아프다고 했다. 난 불길한 예감
이 들었고 그 예감은 적중했다. 1년 반 전에 수술을 받아 완치

6개월밖에 못 살 것이라고 했던 남편이 12년을 살다 간 것은
천사가 주고 간 채소바구니 아니 행복바구니 덕택이라고….

되었다고 생각한 폐암이 척추로 전이가 된 것이었다. 그때부터 남편은 폐암 4기 환자가 되었다. 남편이 방사선 치료를 받는 동안 난 옆방에서 대기했다. 아무것도 생각나지 않고 머릿속이 텅 비어 있는 것처럼 느껴졌지만 긍정적인 생각을 하기로 했다.

'그냥 남편은 암과 긴 여정을 시작했을 뿐이야. 암과 동거하고 친하게 지내면서 암이 너무 세력이 강해지지 않도록 잘 구슬려야 되겠지. 우울하거나 슬픈 표정은 짓지 않을 거야. 그냥 명랑하게, 쾌활하게 보통 부부처럼 사는 거야.'

다행히 방사선치료는 효과가 있었고 그즈음 나온 표적치료제로 남편은 일상생활을 할 수 있게 되었다. 난 남편처럼 담배라고는 피워본 적이 없고 술도 잘 안 마시는 사람이 왜 폐암에 걸렸을까 생각하며 자료를 뒤적거려 보았다. 라돈가스, 간접흡연, 석면, 공기 오염, 유전적 요인 등이 있었으나 남편에게 해당하는 게 별로 없었다. 오히려 남편의 식생활이 마음에 걸렸다.

그중에서도 항산화제 덩어리로서 암 예방에 큰 역할을 하는 녹황색 채소, 과일의 섭취가 부족한 것이 큰 요인으로 여겨졌다. 남편은 채소는 초식동물이 먹는 풀 같다며 인간의 먹이가 아니라고 극도로 싫어했다. 그는 본인의 삶의 방식에 대해 자부심이 아주 컸고 외과 의사라 수술 중심이지 식생활은 병의 치료에 별 역할을 못 한다고 주장했다.

남편에게 채소를 먹이기 위한 작전으로 텃밭을 이용하는 게 좋겠다는 생각이 들었다. 텃밭에 상추도 심고 고추, 케일도 심었다. 첫해에는 상추 농사가 잘 되어 부드러운 상추를 식탁에 많이 올렸다.

그런데 하루는 제주에 내려가니 식탁 위에 웬 큰 채소바구니가 있었고 서울 우리 집처럼 그 안에 울긋불긋한 채소가 수북이 담겨져 있는 게 아닌가? 난 너무나 기분이 좋아져서 "어머 이 채소바구니 어디서 났어요?" 하고 물었다. 남편은 말없이 어색하게 웃기만 했다.

"천사가 주고 간 모양이네. 살다 보니 이런 날도 있네."

난 지금도 믿는다. 폐암4기 환자로 6개월밖에 못 살 것이라고 했던 남편이 12년을 더 살다 간 것은 천사가 주고 간 채소바구니 아니 행복바구니 덕택이라고….

내가 먼저 죽으면 재혼하세요

—

장창원
국토교통과학기술진흥원 감사

사랑하는 당신에게!

대학 재학 중의 일이었죠! 당신이 중 3년 때 친구와 같이 나한테 과외수업을 받았고 그 이전에 당신의 오빠를 잠시 가르친 인연으로 이미 만났었지요. 특이한 사실은 나는 그때 사귀던 여자와 헤어지는 아픔이 있던 때였는데, 당신은 친구와 같이 힘내라고 위로해 주던 일을 생생히 기억합니다.

그 후 대학 때 당신은 내 프러포즈를 받아 주었지요. 당신과 4학년 늦가을에 약혼하고 이듬해 봄 결혼하였죠. 나는 KDI에서 일했고 당신은 과천여고 교사로 재직을 하면서 딸 여선과 아들 석한을 낳고 우리 부부는 참 열심히 살았죠. 그 당시 예정에 없이 동료들을 데리고 떼거리로 몰려와도 편안하게 대해 주었던 일을 지금도 고맙게 생각합니다.

딸이 어렸을 때 원주에 있는 당신 친정에 맡기고, 서울에 있는 직장 출근을 위해 서로 쳐다보며 말없이 마음 아파하던 일

"여보, 내가 먼저 죽으면 홀로 지내지 말고 재혼하세요."
그 말에 행복한 마음이 들지 않는 이유는 뭘까요? 지금이
행복하기 때문이라 생각 했습니다.

은 기억하기조차 먹먹합니다. "우리 헤어지려면 하루라도 더 일찍 헤어지자"였죠. 그래야 서로 다른 짝 만나는 데 유리하지 않겠느냐는 말까지 곁들이면서 쳐다보고 웃곤 했지요.

1986년 가을, 새벽 예비군훈련 때 큰 사고로 머리와 갈비뼈 왼쪽 손목 연결 부분에 30여 조각 부러지는 중상을 당해 대수술을 3번이나 받았던 일 기억하지요? 그 후 입원한 경희대병원과 과천 집과 학교를 몇 달간 오가며 간호해주던 당신은 하늘에서 내려온 천사였소. 이듬해 석사 학위를 위한 KDI 지원 근무, 그 후 미국 유학길은 나 혼자 떠났죠.

임신 중인 당신은 방학 때마다 딸 여선과 함께 방문했고. 유학 중에 당신이 보내준 편지, 좋아하던 〈산〉 잡지 등 물건 하나하나에서 그리움을 느꼈지요. 한국으로 돌아가는 길 어바나, 삼페인에서 시카고 오헤어 공항으로 가는 차 속에서 어린 여선이가 "아빠 같이 가면 안 돼"라고 울면서 물었을 때 나와 당신이 마음 아파했던 일은 지금도 잊히지 않네요.

당신은 혼자 한국에서 석한을 출산했고 나는 소식만 들었죠. 1992년 1월 다시 박사학위를 위해 미국행을 결정했을 때 당신은 평생직장인 학교를 퇴직하고 합류했지요. J-2 비자를 가졌던 당신은 그곳에서 학교코스도 들으면서 아르바이트도 해서 경제적인 도움을 주었지요.

무엇보다도 박사학위 중 한 번뿐인 자격시험에 떨어졌을 때, 학교를 떠나야 할 위기 상황에서 당신은 나를 위로하고 그 큰 어려움을 극복하게 해준 일에 나는 지금도 감사합니다. 학위논문을 위해 밤을 지새웠던 일, 아마 당신 없었으면 학위도 어려웠겠죠.

귀국 후 한국직업능력개발원으로 직장을 옮겼고 그때 지방 국립대에 갈 기회가 있었으나 당신은 옮기기를 원했지만, 원장을 하고 싶은 욕심과 마음속 다른 이유로 나는 거절을 했었지요. 당신은 새로 건축한 분당 집 근처의 '우리교회'로 옮기기를 원했지만 다니던 곳에 대한 집착 등으로 나는 안 옮겼지요. 이후 교회 사람의 사기로 엄청난 손실을 보았을 때 당신 말 안 들은 걸 몹시 후회하곤 했답니다.

2017년 9월 영월 동강 여행 중 당신이 내게 말했지요. "여보, 내가 먼저 죽으면 홀로 지내지 말고 재혼하세요." 그 말에 행복한 마음이 들지 않는 이유는 뭘까요? 지금이 행복하기 때문이라 생각 했습니다.

사랑해요, 당신!

늘 미안하고 고마운 당신에게

정웅교
KNS뉴스통신 수석논설위원

여보, 미안하고 고맙고 사랑해요.

지금까지 28년 동안 당신에게 단 한 번도 편지를 써본 적이 없었는데 이렇게 처음으로 편지를 쓰니 무척 쑥스럽군요.

1992년 어느 주말을 이용해 나를 도와주기 위해 삼척 도계에 왔다가 서울에 올라가기 위해 탄 열차 속에서 나에게 국회의원 선거에 출마하지 않으면 안 되냐며 눈물을 흘리며 출마를 만류하던 그 모습을 지금도 잊을 수 없군요. 그때 그 말을 들어야 했는데….

그동안 내가 당신이 큰 걱정 안 하고 평온한 삶을 영위할 수 있게 한 기간은 5년 정도이고 나머지는 정치 활동과 사업을 하면서 세 번 선거 출마와 사업 실패 등으로 당신에게 경제적 고통과 많은 풍파를 겪게 한 세월이었어요. 이 무능하고 골칫덩어리 남편을 둔 당신이 가련하고 나 자신이 너무 미워요.

그동안 살면서 내가 당신 생일과 결혼기념일을 제대로 기억

32   못다한 공감편지

을 해서 챙긴 적도 없고, 가족 전체가 함께 야외에 소풍을 가거나 여행을 가본 적이 없었고, 꽃 선물 한번 해본 적도 없었어요. 이것 또한 내가 당신과 가정을 너무 소홀히 해서 그랬다고 생각해요. 그나마 당신이 나 없이도 애들을 데리고 국내외 여행을 다녀줘서 고마워요.

당신이 첫 아이를 임신하고 만삭인 상태에서 대학원 입학시험을 보러 가서 시험 도중 몸이 아파 중도에 포기한 적이 있었는데 이것도 당신 인생에 있어서 너무 아쉬운 변곡점 중의 하나라고 생각해요. 당신이 힘겨운 삶을 살아오는데 그나마 두 아들의 존재가 큰 힘과 희망을 주었기 때문에 버텨왔다고 얘기한 적이 가끔 있었지요.

내가 애들 교육과 관련하여 어떤 방법론을 제시했을 경우 내가 평소 애들 교육에 이바지를 하지 못했다는 이유로 내 의견을 수용하지 않고 당신이 옳다고 생각하는 방법대로 처리했을 때, 나는 무력감을 느끼며 당신이 너무 독단적이라는 생각이 들기도 했지만, 이 모든 것이 나의 자업자득이라고 생각하며 나를 돌이켜보곤 했어요.

당신이 나에게 화를 심하게 내기도 하고 듣기 싫은 얘기를 할 때도 있지만, 한 번도 당신을 미워하거나 원망한 적이 없어요. 당신이 그렇게 하는 것은 너무나 당연한 일이라고 생각했고 그렇게 해서라도 스트레스를 해소해서 버틸 수 있기를 바랐기 때문이죠.

당신이 나로 인해서 생기는 여러 가지 문제점들과 고통을 한꺼번에 떨쳐버리고 잊어버리기 위해서는 당장 이혼을 하고 싶지만, 나의 인생이 불쌍해서 고통을 감내하며 이혼 안 하고 같이 살아가고 있다고 말했지만, 친척들이나 지인들에게는 "정웅교 씨는 능력은 없지만 그나마 바보스러울 정도로 착하고 선해서 좋다"고 말할 때, 당신에게 미안하면서도 고마웠어요.

가끔 당신의 건강에 크고 작은 이상이 생겼을 때는 내가 너무 혹사시켜서 그런 것 같아 가슴이 철렁하며 죄책감이 들고 미안하게 생각한다오. 부디 건강하게 오래 살아요.

당신이 정성껏 키운 자식들이 사람들로부터 존경받고, 훌륭하게 성장하는 모습을 보면서 당신의 인생이 절대 헛되지 않았다며 얼굴에 환한 미소를 짓기를 바라며, 반드시 그렇게 되리라 확신해요. 사랑합니다.

"능력은 없지만 그나마 바보스러울 정도로 착하고 선해서
좋다"고 말할 때, 당신에게 미안하면서도 고마웠어요.

오늘따라 어머님이 그립습니다

이영세
전) 대구사이버대 총장

날씨가 매우 쌀쌀해졌습니다. 오늘따라 어머님 생각이 납니다. 어릴 때 어머님 손을 잡고 절에 가서 불공을 드린 생각이 납니다. 3남 1녀 자식 중 막내인 저에게 유난히 많은 정을 주신 어머님이 그립습니다. 어느 자식인들 어머니를 그리워하지 않는 자식이 있으리오만 저의 경우 특별히 더욱 그러합니다.

어머님은 서른이 되시기 전에 자식 3명을 낳고 홀몸이 되셨습니다. 아버님이 제가 세 살 때 병환으로 젊디젊은 연세에 돌아가셨기 때문입니다. 저의 친가는 당시 할아버님 할머님이 살아 계셨고 아래로 작은 아버님 가족들, 시집가지 않은 고모들과 같이 대가족을 이루어 살고 있었습니다.

남편 없는 시가의 맏며느리, 그 고초야말로 어찌 상상이나 할 수 있으리오. 평생을 저는 우리 어머님이 고생하시는 모습만 보아왔습니다. 삶 자체가 힘에 겨워 늘 가냘프고 연약한 모습으로 잦은 병치레를 하시던 어머님, 그러나 그 모습 뒤에 한

한국의 어머님만이 간직한 강인한 삶의 의지, 자식을
위한 희생과 사랑을 이제야 깨닫습니다.

국의 어머님만이 간직한 강인한 삶의 의지, 자식을 위한 희생과 사랑을 이제야 깨닫습니다.

추운 겨울 학교 갔다 언 몸으로 집에 오면 "어서 오너라" 하시면서 언 손을 꼭 잡고 따뜻한 구들목에 언 몸을 녹여 주시던 어머님의 모습, 대학 입시 때 새벽마다 부엌에 정한수를 떠 놓고 100일 기도를 하시던 어머님의 모습, 대학에 들어갔을 때 그렇게 기뻐하시던 어머님, 그리고 유학 가 있을 때 깨알 같은 글씨로 편지를 보내 주시던 어머님, 박사학위 받아 왔을 때 기뻐하시던 그 모습, 손자가 태어났을 때 그 기뻐하시던 어머님의 모습, 그리고 일흔 중반 연세에 암과 마지막 삶의 투쟁을 하시면서 자식에게 부담을 주지 않으시려고 의연하게 참으시던 어머님의 모습, 어머님의 삶은 희생 그 자체였습니다. 그래서 아름다웠습니다. 돌이켜보면 그때가 행복했습니다.

그러나 저는 살아가면서 어머님 속을 많이 태웠습니다. 생전에 효도 한 번 못해 드리고 속만 썩이던 자식, 어머님의 기대에 반도 이루지 못했습니다. 어머님이 관절염으로 그렇게 고생을 하셔도 속수무책으로 있었던 제가 후회스럽습니다. 제대로 외국 구경도 시켜드리지 못하고 고생만 하게 한 제가 밉습니다.

어머님과 함께한 어린 시절이 인제 와서 마냥 행복한 순간이었다는 것을 깨닫습니다. 행복이란 지나가야 그때가 행복이었다는 것을 깨닫게 하는 신기루인지도 모릅니다.

　아~그립습니다. 오늘따라 어머님이 그립습니다.

차디찬 비행기 화물칸이 무서웠지요 —

양창병
전) KOTRA 쿠웨이트무역관장

어머니! 불효자는 울고 있습니다.

그날도 평상시와 다름없이 사무실에서 현지 바이어들과의 상담 중이었습니다. 전화 속 아내의 다급한 목소리는 떨고 있었습니다. 어머니의 숨소리가 가파르고 호흡이 일정하지 않다며 울먹이며 겁먹은 목소리가 흘러나왔습니다. 불길한 예감이 뇌리를 스쳐서 급히 차를 몰고 집으로 갔습니다. 현관 입구에 들어서는데 아내의 통곡에 온몸이 얼어붙었지요.

어머니! 이국만리 타국 땅에서 못난 아들을 기다리시지도 못하고 외롭고 어두운 길을 왜 그리 바삐 가셨습니까! 마지막 길을 함께 못한 불효자는 울고 있습니다.

20년 전 일입니다. 고향에 혼자 계셨던 어머니는 치매와 파킨슨병의 초기 증상이 있었으나 강건하신 어머니였기에 크게 신경 쓰지 않았습니다. 저의 쿠웨이트 무역관 발령 소식을 접하시고 전과 달리 엄마는 함께 가시겠다고 고집을 피우셨지요. 저는 누나들이 돌봐주는 한국 병원에 입원하시라고 했지만, 누나들이 엄마가 원하는 대로 모시고 가라고 했습니다.

무더운 쿠웨이트로 불편하신 어머니를 모시고 간다는 건 상상조차 해보지 않았지만 이번에 아들을 보내면 다시는 못 볼 것 같은 예감을 하셨나 봅니다. 현지에서의 2년 동안 어머니 간호가 다소 짜증스럽기도 했습니다, 가끔 대변을 받아 낼 때는 귀찮아서 엄마에게 신경질까지 부렸습니다. 엄마의 은혜를 망각한 이 못난 자식을 용서해 주십시오.

쿠웨이트 가실 때는 손자들 손을 잡고 비행기에 나란히 앉아 오셨지만, 귀국할 때는 차디찬 얼음 옷 입고 칠흑같이 캄캄한 비행기 화물칸에 실려 오시느라 얼마나 무서웠습니까? 생각할수록 씻을 수 없는 이 불효 어찌 다 말로 용서를 빌 수 있겠습니까?

어머니는 아버지를 대신해서 포도 농사, 쌀농사 등 힘든 일을 도맡아 하셨습니다. 매일 북적이는 인부들의 식사를 직접 챙기시고 새벽같이 시장에 포도를 내다 파시곤 했습니다. 그 힘든 집안일과 노동에도 짜증 한번 내시는 걸 못 봤습니다. 사위 외손자들을 주말마다 불러 모아 의좋게 지내도록 항상 푸짐하고 맛있는 음식을 만들어 주셨습니다. 장모님의 고마움이 그리워 고향에 계신 매형들은 지금도 엄마의 산소에 꽃을 심고 벌초를 합니다. 평생을 해외근무지로 떠도는 6대 종손인 외아들을 대신해서 4대 봉제사(奉祭祀)를 정성을 다해 지냈습니다.

그동안 저는 알뜰살뜰 저축한 돈 모두를 가까운 친척의 유혹에 빠져 투자를 했는데 회사가 부도가 났습니다. 우리 가족은 전세금이 없어 월세 단칸셋방 신세를 지고 있었는데 엄마는 그동안 모아놓으신 노후자금을 전셋집 구하라고 몽땅 주셨습니다. 남자는 기 펴고 살아야 한다며 몰래 꼬깃꼬깃 숨겨 둔 쌈지돈을 용돈으로 살짝 쥐어주시던 어머니! 시골마당에 돌아다니는 토종닭은 오직 외아들 보신용으로만 잡아 주신 어머니!

이 땅의 어머니는 모두 신(神)이라는 어느 스님의 말씀대로 어머니는 아마 전생에 불보살님이 환생 하신 것 같습니다. 어머니 울고 싶도록 보고 싶습니다.

가실 때는 손자들 손을 잡고 비행기에 나란히
앉아 오셨지만, 귀국할 때는 차디찬 얼음 옷 입고
칠흑같이 캄캄한 비행기 화물칸에 실려 오시느라
얼마나 무서웠습니까?

제가 불효자라 그럴까요

—

박희채
다길인문콘텐츠 대표

창밖에 하얀 눈이 내리고 있습니다. 아파트에서 내려다보이는 광경은 멀리 자동차들이 도로에 가득하고, 가까이는 아파트단지 내 눈을 치우는 사람들과 그 사이를 오가는 어린이들이 보입니다. 눈이 내리니까 왠지 모르게 고향 부모님께 전화해야겠다는 생각이 났습니다. 그 순간, 이제는 더 이상 어머님이 안 계시는 고향집이 떠올랐습니다. 어머님! 생각의 실타래가 풀리기 시작하니 수많은 기억이 하나둘 꼬리를 물고 나와 주체할 수 없는 그리움으로 다가옵니다.

사실 어머님이 저세상으로 가신 지 몇 년 되지 않았지만 저는 당신을 애써 떠올리려 하지도 않았고, 고향에 갔을 때도 산소를 찾지 않을 때가 많았습니다. 가봐야 어머님 모습을 볼 수 없다는 허탈감이 더 큰 까닭이었습니다. 기일과 명절이면 형제들과 성묘를 하지만 우리의 전통문화에 대한 예를 갖추는 것 이상의 의미를 두지는 않았습니다. 돌아가신 어머님은 고향의 산소가 아닌 제 마음에 항상 계시기 때문에 형식적인 절차에 큰 의미를 두지 않았습니다.

이렇게 생각하는 저 자신 스스로 불효자가 아닌가 하는 자문도 해보았지만, 나이 들어서 메마른 제 마음에 눈물을 흘리게 하는 유일한 분이 어머님이신 것을 보면 불효자는 딱히 아닌 듯합니다. 청소년기에는 어머님을 원망한 적도 있었습니다. 가난한 농촌 살림에 아들 일곱을 낳으시고, 그 자식들 배불리 먹이지 못하시는 것이 안타까워 눈물 마를 날이 없었던 어머님. 저는 철없이 반항하면서 그 가슴 아픔을 이해하지 못했습니다. 일곱 아들 중에 둘째인 저는 어릴 때 병치레가 심해서 어머님을 더 힘들게 한 자식이었지요.

어머님에 대한 그리움은 나에게 삶과 죽음이 무엇인가를 생각하게 합니다. 태어남이란 생명이 보이지 않던 상태에서 보이는 상태로 존재하는 것이며, 죽음이란 생명이 보이는 상태에서 보이지 않는 상태로 되는 것이라고 본다면, 죽음을 지나치게 슬퍼하는 것은 부질없는 인간의 욕심이라는 생각이 듭니다. 다만 우리가 죽음을 슬퍼하는 것은 이 세상 어디에서도 다시는 그 사람을 볼 수 없다는 그리움 때문이 아닐까요. 아무리 그리워해도, 아무리 애타게 찾아도 이 세상에 더 이상 존재하지 않기 때문이겠지요.

"우리가 죽음을 슬퍼하는 것은 아무리 그리워해도, 아무리 애타게 찾아도, 그 사람이 더 이상 이 세상에 존재하지 않기 때문이겠지요."

짧은 시간 왔다가는 이 세상에 뭐 그리 대단한 게 있을까요. 지위가 높거나 낮거나, 돈이 많거나 적거나, 삶의 희로애락은 형태만 다를 뿐 누구에게나 똑같이 주어지는 것 같습니다. 기본적인 의식주만 해결된다면 나머지 것들은 있어도 그만, 없어도 그만이라는 것을 깨닫게 되었습니다. 참인 줄 알고 있던 것이 시간이 지나면서 거짓이 되어 있고, 거짓이라고 여겼던 것이 어느덧 참으로 드러나는 우리네 삶의 현상을 보면서 자연의 이치와 순환을 생각해 봅니다. 소중한 어머님의 사라짐은 또 다른 생명의 탄생을 위한 대자연의 섭리라는 생각입니다.

이 모든 것들에 앞서 제 마음에 존재하는 그리운 어머님께 담담히 전하고 싶습니다. 어머님, 저는 눈 내리는 허공을 올려다보며 저의 생명이 바로 당신을 통해 이 세상에 온 것을 감사드리며, 어머님이 저를 사랑으로 감싸주셨듯이 저를 지키며 사랑하며 살아가려 합니다. 훗날 저승에서 만나면 참 수고했다며 따스하게 격려해 주실 어머님을 떠 올리며 이승에서 어머님을 제대로 모시지 못한 것을 사죄드립니다. 어머님이 한없이 그리운 이 시간, 어머님 많이 보고 싶습니다.

쪽박을 차더라도

연세대 명예교수

존경하는 하석임 어머님!

"자식은 쪽박을 차도 가르쳐야 한다." 명언을 남기신 어머님께 드리는 편지입니다.

참으로 그립고 뵙고만 싶습니다. 팔순을 맞은 이 나이에도 어린애처럼 인자하신 어머님 손을 잡고 사랑을 받고 싶습니다. 자식은 쪽박을 차도 가르쳐야 한다는 어머님 교육 신념으로 엄청난 가난 속에서도 우리 5남매를 잘 교육시켜 주시어 고맙기 그지없습니다. 2007년 9월 16일 미수(米壽) 연세로 어머님이 하늘나라로 가셨습니다.

진주에서 사시다가 지리산 기슭 빈농의 맏아들 오문달 남편을 만나시어 7남매를 낳으시고, 남매를 어려서 잃고 슬퍼하시는 어머님 모습을 바라보며 어린 저도 많이 울었습니다.

우리 집이 공비가 출몰하던 마천에서 저의 중학 공부를 시키기 위해 함양 읍내로 이사를 하셨습니다. 아버지의 지게 노

팔순을 맞은 이 나이에도 어린애처럼 인자하신
어머님 손을 잡고 사랑을 받고 싶습니다.

동만으로 먹고 살기 힘들어 읍내 쌀 창고의 불탄 쌀을 가져와 화근 냄새나는 밥도 함께 먹던 그 가난도 지금은 보릿고개 추억으로 아련합니다.

해병대 군 복무를 마치고 교편을 잡은 제가 어머님 잘 모시지 못해 지금도 가슴이 아픕니다. 세 누이동생을 서울로 불러 저희 내외가 교육할 때 어머님은 기도하시며 우리 내외에게 고마워하시던 어머님의 인자하신 모습이 몹시도 그립고 다시금 뵙고만 싶습니다.

어려서 예절 교육 잘 해주시고 커서는 우리 자식들에게 "너희는 뼈 있게 살거라" 가르치며 인생을 목표 있게 살아가라고 가르쳤습니다. 아버님 어머님 함께 누워계시는 마천고을 곰달래산 기슭 산소에 올해도 아우와 함께 벌초하러 가겠습니다. 어머님! 자식들 걱정은 하지 마십시오.

존경하는 어머니시여!

살아생전에 잘 모시지 못한 불효를 부디 용서하여 주소서. 불효자는 눈물로 용서를 빕니다. 우리 자식들 다시 만날 그때까지 아무 근심 걱정 없는 하늘나라에서 편히 쉬소서.

나 좀 빨리 데려가시옵소서

선병규
자영업

오늘이 당신의 49제 날입니다. 불초 소자 고하나이다.

고요한 밤, 방문 살짝 열어 놓고 거실에 인기척 확인하고 잠 자리 드신 장모님, 꿈속의 꽃길 따라 좋은 나라 잘 가시옵소 서!

근면 성실로 홀로되신 지 40년 동안 긴 잠 한숨 못 이루시 며 밤낮없이 들녘에서 저녁노을 질 때까지 황소처럼 논밭 일 구면서 이날까지 오셨답니다. 그 많은 자식 두시고 어찌 가시 나이까?

새 아침 맑은 공기 순환시키고자 창문 활짝 열고 눈 맞춤, 허리 굽혀 눈웃음으로 맞절 인사하시던 장모님, 세상 이치를 누구보다 잘 알고 눈치코치 눈빛만으로 유권해석을 잘 하시는 일명 박사 장모님, 아름다운 향기 가득한 어머님, 어찌 우리들 을 두고 가셨나요!

오늘 아침 식탁에 당신의 젓가락, 수저, 밥그릇이 보이지 않네요. 곱고 고운 건강한 하얀 치아로 고루 식사 하시는 당신의 모습이 눈앞에 선합니다. 식사 때마다 젓가락이 그 방향으로 가면 그 반찬 그릇을 저희 앞으로 밀어주시던 모습이 눈에 선합니다.

때로는 함께 화투놀이를 하다가 거짓말로 일하러 가야 한다고 하면 당신이 좋아한 놀이도 그만두고 빨리 다녀오라고 하신 당신께 이제는 죄송하기만 하네요.

적막함과 외로움을 달래고자 창가에 앉자 화초들과 피어난 꽃들을 바라보시며 손뼉 치며 혼자 하신 말씀이 귓가에 맴돌고 있습니다.

"참 예뻐. 너희들은 누구를 위하여 그렇게 아름답게 피어서 눈웃음 보내고 유혹하니!"

가끔 치매 증세로 본인의 지팡이로 벽을 치며 도둑놈 물러가거라 고함치시고, 항상 가까이 한 당신의 딸에게 내 손목시계 가져갔다고 돌려 달라고 소리치시던 상황을 감당하기 어려워 함께 눈물을 보일 때도 한, 두 번이 아니었지요. 세월이 흐르면서 나이가 들면 많은 사람이 겪는 길이라고 생각합니다.

언젠가 정상으로 정신이 돌아올 때는 침대 위에서 두 손 모아 기도하시던 당신의 목소리를 잊을 수가 없습니다. 지금도 귓가에 그 목소리 들려옵니다.

"우리 딸 힘들게 하지 말고 나 좀 빨리 데려가시옵소서."
물 한 모금 못 넘기시던 그 순간 흐르는 눈물이 멈추지 않고
어찌할 수 없는 혼미의 순간들이 지금도 생생합니다.

"우리 딸 힘들게 하지 말고 나 좀 빨리 데려가시옵소서."

물 한 모금 못 넘기시던 그 순간 흐르는 눈물이 멈추지 않고 어찌할 수 없는 혼미의 순간들이 지금도 생생합니다. 죽음 앞 두고 어느 누구도 부르지 않고 손짓 하시며 저를 부르는 당신 께서 그때 무언가 전하고자 하였건만 소리 내어 말할 수 없는 당신의 그 말이 이제야 알겠네요.

걱정 마세요, 당신의 딸에게 못다 한 사랑을 위해 오래오래 행복하도록 노력하겠습니다. 하늘나라에서는 치매 걱정 없겠 지요. 편히 쉬세요.

흰 눈이 내리면

—

이대영
무학여고 교장

어느새 저도 아버지가 돌아가실 때의 나이가 되었습니다. 당신께서 떠나신 지 삼십 년이 넘었습니다. 아버지께서는 환갑도 못 채우시고 홀연히 우리 곁을 떠나셨습니다. 다른 집 환갑잔치나 칠순 잔치에 참가할 때면 아버님 생각에 마음이 울컥해지면서 아버님과의 추억이 떠올랐습니다.

아버님 손을 잡고 초등학교 입학식을 마치고 집에 돌아와서 화로에 일부러 팥죽을 쏟았던 기억이 납니다. 다른 집 아이들처럼 명찰과 손수건을 못 달게 하신 아버지가 미워서 일부러 삐쳤던 추억이 엊그제 같습니다.

아버지는 근엄하면서도 어머니와는 달리 어려운 존재였나 봅니다. 어릴 때 어머니께는 엄마라는 친근한 호칭을 썼었죠. 아버지도 어쩌면 아버지가 아닌 아빠라고 불러주길 바라셨는지도 모릅니다. 언젠가 하숙방 책상 위에 차가운 홍시 한 봉지를 두고 가시면서 열심히 하라는 격려 메모 끝에 '아빠가'라고 써 놓으셨던 것을 기억합니다.

아버님께서 생각지도 않았던 급성골수백혈병으로 서울의 병원으로 이송되어 오시던 날, 첫눈치고는 엄청 많은 눈이 내렸죠. 어느 정도 치료를 받으시고 다시 원주로 가시던 날은 진눈깨비에 천둥까지 쳤었죠. 임종하신 마지막 날도 눈은 온종일 하염없이 내렸습니다.

담당 의사가 마지막을 준비하라던 기막힌 말도 엊그제 들은 것처럼 생생합니다. 그때 어머니께서 아버지가 돌아가시면 필요하니 솜을 사 오라 하셔서 약국에 간 그 순간에 아버지는 홀쩍 떠나셨습니다.

한시도 아버지 곁을 비우지 말라는 의사의 말이 무슨 뜻인지 그제야 알았습니다. 참 기막히고 믿기지 않는 일이었죠. 솜 사러 가는 아들에게 아버지께서 어디 가느냐고 물으실 때 우물쭈물 말씀드릴 수밖에 없었던 참담한 심정이었습니다. 그때 아버님은 "눈이 많이 오니까 조심해서 다녀와"라고 말씀하셨죠. 제게 주신 마지막 유언이 되었습니다. 마지막을 지키려는 저의 의지는 허사가 되었습니다.

채 식지 않은 아버지 몸을 어루만지며 울부짖던 그때의 기억이 아직 뇌리에 남아 있습니다. 선산에 관이 내려지고 삽으로 흙을 뿌릴 때도 어김없이 흰 눈은 펑펑 쏟아져 관 위를 덮

언젠가 아버지, 아니 아빠처럼 하얀 겨울에
떠나 하늘나라에서 영원한 부자의 정을
나누었으면 합니다.

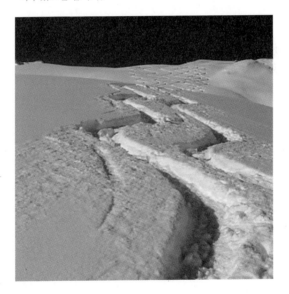

었습니다. 그 흰 눈은 무슨 의미일까요. 아마도 맑고 깨끗하게 살다 가신 아버님을 하늘이 칭송하는 꽃가루 세례와도 같다는 느낌이었습니다.

아버님을 떠나보낸 깊은 슬픔 속에서 돌아오는 길은 세상 모두를 잃은 것 같았습니다. 돌아가신 아버님을 대신하여 집 안 대소사를 맡기에는 제가 감당하기 어려운 현실이었습니다. 제 짐을 조금이라도 덜어주기 위함이셨는지 죽음을 앞둔 상황에서도 날이 잡혔던 여동생 결혼식을 예정대로 치르고 떠나셨죠. 그때의 사진을 보면 아버지는 초인적인 힘으로 버티셨다는 생각이 듭니다.

늘 주변을 배려하고 겸양지덕을 강조하신 아버지의 가르침 받아 아버지의 며느리인 아내도 함께 교직에 몸담고 있으면서 이를 실천하기 위해 노력하면서 후학들에게도 강조하고 있습니다. 아버지 이제 얼마 남지 않은 교직 생활이지만 교이불염(敎而不厭)을 잊지 않고 늘 배우면서 참스승의 길로 끝까지 정진하겠습니다. 지켜봐 주세요.

저도 언젠가 아버지, 아니 아빠처럼 하얀 겨울에 떠나 하늘 나라에서 영원한 부자의 정을 나누었으면 합니다.

이제야 알게 되었습니다

이태호
공존문화연구소 대표

아버님 어머님! 보고 싶습니다.

이 세상에 누구도 근본 없이 태어난 사람은 없습니다. 저도 아버지께 뼈를 빌고 어머니께 살을 빌어 이 세상에 태어났습니다. 그러나 온 정성 다 바쳐 키워 주셨지만 스스로 자란 줄 알고 부모님 곁을 떠났습니다. 다 자라 결혼하면 저 또한 부모 되니 그때면 부모 마음 알아지리라고 믿었습니다. 그래서 애달픈 부모 마음! 철없던 그 시절 후회하며 고향으로 달려갔지만, 부모님은 이미 세상을 떠나고 안 계십니다.

불러도 보고, 울어도 보고, 찾아도 보았지만, 왠지 대답이 없습니다. 좋은 일 궂은일 마다하지 않고 뒷바라지해 주시던 아버님 어머님! 그 열정과 사랑과 정성은 다 어디에 두고 무서리 찬바람 맞으며 싸늘한 그곳에 누워 계십니까? 도저히 말과 글로서는 표현할 길이 없습니다. 초췌한 모습으로 이승을 마무리하실 때 그 고통을 제가 지고 가고 싶었지만, 막상 그것은

진정한 효도는 거창한 것도 위대한 것도 아닌 그저 부모님
계실 때 물 한 모금이라도 더 정성스럽게 대접하고,
말 한마디라도 귀담아듣는 것이라는 것을 깨달았습니다.

생각뿐이었고 제 살기 바빠 오히려 더 불효자가 되었습니다. 내리사랑이라는 말이 있듯이 자식을 키우면서 겨우 부모님의 깊은 사랑과 은혜를 알게 되었습니다.

　며칠 전에는 혼자 선영의 부모님 산소를 찾아 서럽게 울었습니다. 당장이라도 일어나실 것 같았지만 그것은 부질없는 욕심이었습니다. 초라한 무덤가에 말 없는 잡초만 무성했습니다. 회한의 눈물로 초라한 무덤을 다 적신들 무슨 소용이 있겠습니까. 한 번 가신 부모님은 말이 없었습니다. 울며불며 때늦은 후회를 하지만 지난날의 불효 막급이 씻어지기는커녕 오히려 가슴을 더 후려칩니다. '부모는 자식이 효도하라고 기다려 주지 않는다' 는 말이 귓가를 스칩니다. 한 번 떠나면 다시는 차안(此岸)에서 뵐 수 없는 피안(彼岸)으로의 영원한 이별이었습니다. 아무리 생자별리(生者別離)라 하지만 살아갈수록 부모님의 그 자리가 더 크고 더 무겁습니다.

　열흘 살다 버리는 것이 누에고치 집이고, 여섯 달 살다 버리는 것이 제비집이고, 한 해를 살다 버리는 것이 까치집이랍니다. 그 집을 지을 때, 누에는 창자에서 실을 뽑고, 제비는 침을 뱉어 진흙을 반죽하고, 까치는 풀을 물어 나르느라 입이 다 헙니다. 아버님 어머님도 이와 다를 바가 없습니다. 부모님은 한평생 못난 자식을 위해 모든 것을 다 바쳐 거두고, 헌신하고, 사랑하셨습니다. 그것도 모자라 한평생 가슴에 품고 사셨습니다. 부모님은 못난 자식의 빈껍데기였습니다. 그런데 저는 빈껍데기만 남은 아버님 어머님의 마음을 제대로 헤아리지 못했습니다.

진정한 효도는 거창한 것도 위대한 것도 아닌 그저 부모님 계실 때 물 한 모금이라도 더 정성스럽게 대접하고, 말 한마디라도 귀담아듣는 것이라는 것을 깨달았습니다. 그때는 이미 부재의 늪이었습니다. 생전에 그렇게 사랑하셨던 손자 도현이가 드나들 때마다 아버님 어머님이 함께 있는 가족사진 앞에서 인사하는 모습을 보면서 저 자신을 성찰하고 있습니다. 부모은중경(父母恩重經)을 봉독하면서 불효의 죄를 참회하겠습니다.

언젠가 천명이 다하면 부모님 곁으로 가겠습니다. 부디 서방정토 극락에서 고통과 시름 다 잊으시고 편히 쉬십시오. 그리고 한없이 존경하고, 존경합니다.

이불 속에서 들려오는 종소리

김용병

(주)다보험 대표

생각해보니 아버지와 터놓고 가슴속 깊은 말을 나눌 수 있었던 기회가 여러 번 있었는데 제 불찰과 무성의로 그러지 못해 못내 아쉬움이 남습니다.

당신께서는 7살 어린 나이에 친부모님을 여의시고 이복형제들 틈에서 온갖 설움과 핍박 속에서 성장하셨습니다. 가족들로부터 철저히 외로운 존재였던 아버지께서 속 깊은 얘기를 장남인 저와 하시려 했으나 그때마다 외면했던 것을 생각하면 후회스러운 마음에 눈시울이 뜨거워집니다.

아버지에 대한 잊을 수 없는 기억의 순간들이 현재의 저에게 음으로 양으로 영향을 주고 있습니다. 솔직히 좋지 않은 기억이 훨씬 많습니다. 초등학교 1학년 때 친구 부모님께 돈을 빌리시곤 나 몰라라 하신 일, 6학년 때 가정을 버리신 일, 고등학교 2학년 때 몇 년 만에 돌아오신 아버지와 저 단둘이 서초동 말죽거리 단칸방에 함께 지내며 아버님의 밤새 술주정에

죽을 만큼 고통스러워했던 일 등이 주마등처럼 지나갑니다.

초등학교도 입학하기 전 늦은 밤 멀리서 들려오는 교회 종소리에 대해 제가 물어보자 아버님께서 친절하게 대답해 주시던 순간이 제가 기억하는 아버지와 온 가족이 함께 행복해했던 최초이자 마지막 모습입니다. 아빠와 함께 누워 도란도란 속삭이던 시절이 있었나 싶은 것이죠.

성장기 때 당신에 대한 원망이 마지막 순간을 보내는 시간마저 아버님께 정성을 다하지 못하는 불효자로 남게 하였습니다. 그런 것이 북받쳐 아버님을 보내던 마지막 순간 도저히 상상할 수 없는 울음이 터졌나 봅니다.

아버님께서는 깊은 정을 자식들에게 보여준 적도 적잖이 있었던 것 같습니다. 초등학교 2학년 무렵 아버지가 헌 잡지와 만화책을 주셨는데 그것들을 몇 번씩이나 읽고 또 읽었던 기억이 납니다.

그리고 논산훈련소에서 훈련을 마치고 배출될 때, 그 새벽 용산역 용사의 집 앞을 지나 전방으로 가는 기차를 갈아타기 위해 걸어가는 신병들 무리 속에 저를 찾아내시곤 "용병아!" 하고 부르시던 목소리가 지금도 귀에 생생합니다. 이동 중이라 말 한마디 건네 보지도 못하고 어둠 속에서 잠깐 눈을 마주치곤 이내 헤어졌던 순간이 생각납니다.

당신에 대한 원망이 마지막 순간을 보내는 시간마저
아버님께 정성을 다하지 못하는 불효자로 남게
하였습니다.

그러나 제대 후 대학 졸업을 할 때쯤, 아버님은 다시 가족과 헤어져서 마지막까지 따로 계셨습니다. 무엇이 아버님을 따로 계시도록 하였나요? 술로 인한 가정불화 때문이었나요? 아니면 어머님의 심한 독설과 잔소리 때문이었나요?

아버지께서는 가끔 만나는 자식들을 무척이나 자랑스러워하셨다지요. 심지어 당신 며느리도 선생님이라고 주위 분들에게 얼마나 자랑을 하셨는지 잘 알고 있습니다. 그런 가족들과 당신이 끔찍이도 사랑했던 손주들과 어떻게 떨어져 살 수 있었는지, 고통스럽지는 않으셨는지요?

돌이켜보면 아버님의 자식 사랑은 드러낸 사랑이 아니었습니다. 거기에다 술주정으로 집안을 힘들게 하셔서, 당신의 큰 사랑을 몰랐던 것입니다.

아버님이 안 계신 지금 길을 가다가도 자그마한 체구의 당신또래 노인들을 보면 혹시나 아버님이 아닐까 잠시 흥분을 하기도 하면서 살아계실 때 우리와 함께할 방법이 그렇게 없었나 후회도 많이 듭니다. 아버님 많이 보고 싶습니다. 꼭 한 번 단 한 달간만이라도 오순도순 우리 가족 함께 살아보고 싶습니다.

가끔 아버님이 몹시 그리워 눈물을 흘립니다.

지치고 외로운 줄 미처 몰랐습니다

김신희
북한학 박사

아버지! 아버지께서 갑자기 세상을 떠나신 때는 가을이었지요. 1983년 11월을 저는 선명히 기억합니다. 저는 그때 중학교 3학년이었지요. 야간 자습을 마치고 돌아온 집의 상황이 평소와 달랐습니다. 아버지도 어머니도 동생들도 아무도 없었고 적막하고 무언가 불안한 기운이 감돌았지요. 저는 그 순간 무언지 모를 불길한 예감이 들었고 그것은 현실이 되었습니다.

제가 기억하는 그날은 아버지가 근무 중에 쓰러져서 병원에 실려 가신 날이고 그 뒤 저는 의식이 있는 아버지를 입원한 병원의 병실에서 반나절 동안 뵈었을 뿐이었지요. 어두운 빛이 감돌던 아버지의 야윈 얼굴과 덥수룩한 수염, 근심으로 가득한 슬픈 눈빛이 기억납니다.

다시 집에 돌아오셨을 때는 이미 말을 하실 수 없는 상태였지요. 다만 아버지의 눈빛과 그 큰 눈에 가득 찼던 눈물만이 어린 삼 남매와 평생 집안일만 해오던 어머니를 두고 가야만

저는 아버지를 떠올릴 때면 살아계실 때의 뭔가 불행해
하던 얼굴이 아니라 그 하얗고 웃음 띤 평온하던 마지막
본 얼굴로 아버지를 그립니다.

하는 아버지의 마음을 말해주고 있었지요. 또 아버지의 손을 잡으면 손으로 느껴지던 체온과 감각이 아버지가 아직 의식이 있고 무언가 말을 하고 싶어 하신다는 것을 알게 했지요.

아버지는 한 보름인가 집에서 견디시다가 결국 11월의 날씨 좋던 가을날 돌아가셨지요. 상중(喪中)에 엄마를 졸라서 마지막으로 본 병풍 뒤에 누워계신 아버지의 돌아가신 얼굴은 평소의 얼굴과는 너무 달랐습니다. 놀라울 정도로 하얗고 평온했고 웃음기를 띄고 있다고 느낄 수 있을 만큼 편안한 모습이었습니다. 저는 아버지를 떠올릴 때면 살아계실 때의 뭔가 불행해 하던 얼굴이 아니라 그 하얗고 웃음 띤 평온하던 마지막 본 얼굴로 아버지를 그립니다.

사실 돌아가신 날 저는 그렇게 절망적이지만은 않았습니다. 슬펐지만 사춘기 소녀의 감성으로 평소 아버지의 독재적 면모에 의한 불안과 공포가 사라진 것에 대해 한편 안심한 면도 있었지요.

아버지! 아버지가 돌아가시면서 그렇게 장래를 걱정하셨던 제가 그 덕분인지 결국 아버지가 진학시험을 보셨던 그 대학에 들어갔습니다. 어머니와 집안의 친척들에게 들었던 젊은 시절 아버지 삶의 단면들과 그 시대의 정치 사회적 상황을 함께 생각할 수 있게 되면서 아버지가 보여주신 평소의 모습에 인간적인 연민을 느끼게 되었습니다.

아버지는 20세기 초 식민지 조국에서 한 몰락한 집안의 장남으로 태어나 학교에서 일본어로 교육받고 자랐고 해방 후 혼란기에 중·고등학교를 다니면서 청소년기를 보내고 6·25전쟁에 학도병으로 자원하여 참혹한 전장에서 수많은 죽음을 겪고 정전 이후 3년의 복무까지 총 6년간의 군 생활로 지적이고 낭만적인 영혼에 깊은 상흔을 간직한 채 한평생 그 트라우마와 싸우다 지친 외로운 영혼이었다는 것을 알게 되었습니다. 그리고 그 희생을 보상받지 못하고 또한 상처를 위로받지도 못한 채 가족을 위해, 자식들의 교육을 위해 한평생 열심히 일하신 가장이었다는 것을 압니다. 그러나 아버지는 이제 제 옆에 안 계시고 저는 어린 사춘기 시절에 아버지를 이해하지 못하고 반항하던 모습 그대로 아버지를 떠나보내서 아직도 아버지의 넋이 저를 그렇게 기억하고 섭섭해하실까 봐 걱정됩니다.

제가 너무 어려서 아버지의 아픔과 슬픔, 그리고 그 깊은 외로움을 이해하지 못하고 그저 사춘기 소녀의 반항기로 함부로 판단했던 것을 후회하고 용서를 빕니다.

진정 잘못 살아왔습니다

—

박재규
대한교육신문 발행인

잔잔한 고백성사를 하고자 합니다.

상속법이 몇 차례 바뀐 것은 형제, 자매들 간에 불협화음만 남겨 놓은 무거운 먹구름입니다. 경제 사정이 어려운 만큼 더욱더 돈 앞에서는 그 누구도 선인이 없는 것 같습니다. 큰 액수의 유산도 아닌 몇 푼을 놓고서 이전투구를 하는 것을 보고, 듣고 하면서 남의 일인 줄만 알았더니 눈앞의 현실은 큰 파도로 닥쳐와서 마음은 우울하고 씁쓸합니다.

머나먼 남도의 시골에서 서울까지 원정치료를 해오시던 아버지가 세상을 등진 후에 맏이인 나에게 커다란 시련이 닥쳐왔습니다. 서울의 몇몇 병원과 지방병원을 오가시면서 치료를 받아오시다가 결국은 서울대병원에 입원하셔서 1차 내과 치료를 받고 난 이후, 척추 수술이 문제였습니다. 연세가 많으셨기 때문에 수술이 어려웠습니다. 하지만 아버님도 희망하셨기에 다소 무리한 척추 수술을 해드렸는데 세월의 무게와 체력

돈 앞에는 형제자매도 피도 눈물도 없는 오늘의 배금주의
현실을 깨닫게 한 것이 아버님께서 남겨주신 마지막
유산입니다.

못다한 공감편지

의 한계를 드러내고, 먼 하늘나라로 떠나셨습니다.

생각해보니 저는 효자가 아닌 불효자였습니다. 그것은 아버님의 평소 유언을 지켜드리지 못했기 때문입니다. 장남으로서 동생들의 현실적 의견에 너무나 무게를 두었기 때문이었습니다. 연명 치료 하지 말자고 해서 그렇게 했고, 매장 아닌 화장을 하자고 해서 그렇게 했습니다. 그 이유는 동생들은 "바쁜 현대인들이 어떻게 시골까지 찾아가 성묘할 수 있느냐" 는 주장에 아버지의 유언과는 맞지 않는 선산에 매장을 포기하고 그렇게 했으며, 아버지의 유산을 그렇게 나누자고 해서 그렇게 했으며, 모든 것을 동생들의 의견에 따라서 처리한 것이 씻을 수 없는 불효자가 된 것입니다. 이제 생각하니 옳은 일이면 소신껏 실천하는 것이 효도라는 것을 늦게 깨닫게 되었습니다. 사랑하는 아버님 당신께는 불효한 이 자식의 마음을 헤아려 주시겠지요.

많지 않은 유산으로 돈 몇 푼을 가져가고 안가저가고 문제는 아니었습니다. 큰아들인 나의 의견이 무시당하는 것이 견딜 수 없이 울화통이 치미는 것입니다. 돌아가신 아버지를 자식들이 채무자로 만든 자식들이 또 있을까요? 기가 차고 환장할 일이 바로 우리 집안의 일이니 말입니다.

아버님이 병원에 입원해 계실 때는 몇 천만 원 들어가는 수

술비, 치료비, 입원비 등에 10원짜리 하나도 안 내놓던 자식들이 아버지 유산을 놓고 서로 자기 것이라고 가져간 것입니다.

언제부터인지 우리나라 자식들이 유산 문제로 형제간의 우애를 버리고, 경제적 동물이 되었는지 그저 암담하기만 한 현실에 비애를 몸속 깊이 느낍니다. 대재벌의 상속 싸움을 조금은 이해할 것 같습니다.

장례식장 한구석에서 조용히 눈물 흘리며 생각해 보니, '진정 인생을 잘못 살아왔구나' 하는 후회의 순간들이 주마등처럼 지나갔으며, 이와 같은 현실에 고민하는 자신이 너무 미워 한잠도 못 이루었습니다. 돈 앞에는 형제자매도 피도 눈물도 없는 오늘의 배금주의 현실을 깨닫게 한 것이 아버님께서 남겨주신 마지막 유산입니다.

내년에도 저 푸른 숲을 볼 수 있을까 —

박남석
한국항공대 사회교육원 초빙교수

2015년 6월 말, 병실 밖 녹음이 꽉 찬 숲을 보면서 나 자신에게 물었다. 급성 전립선암 말기로 3개월에서 1년의 시한부라고 한다. 의료진이 나에게 영상을 보여줄 때, 몸통이 다 불이 붙는 듯했다. 폐로 전이되었고, 척추, 갈비뼈, 골반에도 전이되었다. 신장에서 방광으로 가는 요도는 팽창된 내부 장기로 막혀 긴급 수술해야 했다. 입원 시 PSA 수치는 670이었다. 정상은 1 이하이다.

억울해하진 말자. 그래 이제 가나 보다 했는데, 애들이 슬퍼하는 것을 보니, 가는 게 좀 빠르다는 생각이 들었다. 하지만 시한부 이야기가 나오기 전에 의료진의 태도에서 병의 위중함을 느꼈고 사는 것에 대해 집착하지 않기로 했었다. 그러면서 머릿속 깊은 곳에서는 왜 이런 일이 일어났고 어떻게 처신할 것인지를 생각해 두었기에 마음의 혼란은 없었다.

의료진의 치료에 따른 조치는 따르되, 나는 병에 연연하지

'내년에도 저 푸른 숲을 볼 수 있을까' 라는 나의 의문은 이제는 접고자 한다. 삶이 시한부라고 느끼는 순간 오늘 하루가 중요하다. 돈도 명예도 남보다 많이 가진다는 것이 별 의미가 없다.

않고 죽기 전에 도를 닦기로 했다. 항암 주사로 몸이 많이 상했을 때 주위 분들의 따스한 마음에서 나온 조언들은 역경을 헤쳐 나가는 데 큰 도움이 되었다. 내가 총무를 맡고 있는 산우회에 적극 참여하면서 작년에는 매주 북한산의 숲을 보았고, 올해는 매주 청계산의 숲을 보면서 등산하고 있다.

십여 년 전 인권시민운동을 하면서 알게 된 파룬궁 수련을 발병하기 몇 달전부터 하지 않았음을 깨달았다. 예전에 뇌수막염으로 거동하기 어려운 분이 파룬궁 수련하여 회사에 재취업할 정도로 호전된 것을 보았기에 나에게도 길은 있다고 보았다.

의료진은 약이 잘 들으면 3년, 안 들으면 1년이란다. 돌이켜 생각해 보면 참 당돌했다. 의사가 시한부 이야기할 때 속으로 그건 의학 통계일 뿐이고 나에게는 적용이 안 된다고 속으로 말했다.

'내년에도 저 푸른 숲을 볼 수 있을까' 라는 나의 의문은 이제는 접고자 한다. 삶이 시한부라고 느끼는 순간 오늘 하루가 중요하다. 돈도 명예도 남보다 많이 가진다는 것이 별 의미가 없다. 오늘 하루 사는 것이 중요하다. 암 말기로 고통스러운 생이 될 수 있기에 이 우주의 하나님에게 살짝 부탁 하나 했다.

"죽을 때 고통 없이 죽게 해주세요."

제2장

추억이
있는 풍경

어머니의 봄날

신성호
(사)행복문화포럼 이사장

B형! 오늘은 어머니 이야기를 쓸게요.

아버지는 가난한 목수, 어머니는 목수의 아내, 저는 그 목수의 아들이었습니다. 그러고 보니 예수님도 목수의 아들이셨다지요. 어머님은 94세, 아버님은 96세의 노익장이십니다. 친구들은 말하지요. "너는 행복한 놈이다." 그래요, 양친께서 건강하게 계시니 말입니다. 잘 해드린 것도 없고, 효도도 제대로 못 했는데 건강하게 살아주신 부모님께 감사드립니다. 항상 옆에 계신 것 자체가 얼마나 감사하고 행복한 것인지 모르고 살아왔습니다. 요사이 부쩍 늙으신 어머님의 얼굴에서 수많은 잔주름을 볼 때마다 가슴이 아려옵니다. 형! 일흔이 넘은 나이에 철이 들은 걸까요? 이제 어머니의 젊은 시절, 인생의 봄날을 추억하고자 합니다.

어머니는 부잣집 셋째 딸이셨습니다. "셋째 딸은 묻지도 따지지도 않고 결혼한다지요." 허나 아버지는 평범한 시골 목수

였죠. 외조부께서는 아버지의 총명함과 가능성을 알아보시고, 가난한 목수쟁이 청년과 혼인을 허락하셨습니다.

성공한 아버지께서는 매년 봄, 가을, 두 차례씩 봄꽃놀이와 단풍놀이를 하셨습니다. 어머니는 그 시절의 즐거웠던 추억을 떠올리면서 배시시 웃곤 하십니다. 유난이 웃음이 많고, 노래와 춤을 좋아하신 어머니는 언제나 장구재비를 줄줄 따라다니며 춤을 추며, 노래하셨다지요. 요사이 그 시절 노래를 흥얼거리곤 눈시울이 붉어지십니다. 어려운 시절 어머니께서는 지나가는 거지나 배고픈 길손들에게 꼭 밥상에 밥을 챙겨주셨답니다. 어린 저는 그런 모습이 몹시 싫었습니다. 그때는 몰랐지만 지금 생각하니 어머니의 가난한 사람을 배려하는 그 모습은 천사였습니다.

처녀 시절 산으로 들로 나물 캐러 다니시던 추억을 곱씹던 어머님! 지금은 무릎이 아파 산이나 들에 갈 수 없다고 푸념하실 때마다 소리 없는 눈물이 흐릅니다. 유난히도 웃음이 많은 어머니는 저를 데리고 마실 다니길 좋아하셨습니다. 제가 대학 시절 어머니와 시장이라도 같이 가면 누나 같다는 농담에 금방 얼굴이 붉어지신 어머니의 그 모습은 어디 갔을까요.

어머니의 하얀 얼굴에 검버섯이 덕지덕지 피었지만 웃으실 때는 젊은 날의 고운 그 모습이 아직도 남아있어 더더욱 짠한

봄 하늘의 종달새 소리가 그리워 자꾸 자꾸 꿈을 꾸신다는
어머님의 봄날을 동행하여 모시고 싶습니다.

마음이 듭니다. 요사이 귀까지 먹어 말을 못 알아듣고 눈만 껌벅껌벅 하시며 말하는 사람의 입만 쳐다보십니다. 아무리 불러도 미소만 지으신 천사 같으신 나의 어머니, 그 모습에서 세월의 무상함을 느낍니다.

어머니는 독실한 불교 신자입니다. 매일 새벽 4시면 일어나셔서 108 법문을 드립니다. 자식들의 건강과 안녕을 위해 하루도 걸은 날이 없으십니다. 어머니는 아들이 선생님이 된 것을 그렇게 사람들에게 자랑하셨답니다. 그 내력을 이제야 알 것 같습니다.

어머니! 못 걸어도 괜찮고, 귀가 안 들려도 괜찮습니다. 지금 이대로 오래오래 사세요. 당신이 계셔서 더욱 행복한 것을 이제야 깨달은 못난 자식입니다. 용서하세요.

따뜻한 봄이 오면, 당신께서 처녀 시절 살았던 고향 뒷동산, 진달래꽃, 뻐꾸기 소리, 보리밭에 숨어 우는 꿩 소리, 파란 자우영 둑길, 고사리 캐던 산골, 봄 하늘의 종달새 소리가 그리워 자꾸 자꾸 꿈을 꾸신다는 어머님의 봄날을 동행하여 모시고 싶습니다.

흰 치마저고리

—

이규석
(사)한국시민자원봉사회 중앙회장

　시장 모퉁이 좌판도 없는 초라한 곳, 땅 몇 뼘 위에 채소를 놓고 파는 어머니들의 모습이 점점 보기 어려워져 간다. 그래도 몇몇 재래시장 어귀에는 나이 드신 어머니가 도라지, 고구마 줄기를 조금 놓고 팔려고 다듬어 가며 앉아 계신 모습을 볼 수 있다.

　1970년대 단독 주택에 살 때 우리 집 골목 입구에는 산나물이 많이 날 때, 상추와 쑥갓 등 노지 채소가 많아질 때는 아주머니들이 이런 채소류를 보자기에 좌판 삼아 펼쳐 놓고 팔았다. 나는 그 아주머니가 마치 내 어머니를 보는 것 같아서 퇴근길에 채소를 사 들고 들어가곤 했다. 처음에는 아내도 의아해했다.

　그래서 이야기해 주었다. 6·25가 끝나던 해에 사업을 하시던 아버지가 돌아가시고 1살, 2살짜리 남동생이 있었는데 농사일을 모르는 어머니는 빚을 저가며 살았다. 그러나 생존

때때로 선택의 갈림길에 설 때면 어머니라면 이런 경우에
어떻게 했을까 또는 내가 이렇게 한 것을 좋아할까
생각하고 행동했다.

을 위해 농사일을 배워가며 지으면서, 몇 해가 지나서부터 5일장이 서는 날이면 시장 어귀에서 온종일 채소를 팔았다. 일요일이 장날일 때면 초등학교 4학년 시절부터 지게질했던 내게 짐을 지워서 함께 장에 나갔다.

세월이 흐르면서 내가 중학생이 되었을 때는 어머니가 이고 가는 것보다 내가 지고 가는 것이 더 많았다. 그때는 뭐가 그리 부끄러운지 시장에서 아는 학생이나 동급생이 지나가면 얼른 숨고는 했었다.

점심때는 동료랄 수 있는 옆의 아주머니에게 채소를 맡기고 시장 뒷골목에 가서 장국밥 한 그릇을 사주셨다. 지금 생각해도 그걸 먹을 때만큼 행복한 적이 있었나 싶을 정도였다. 맛있게 먹는 나를 바라보는 어머니의 눈에는 자식 사랑이 넘쳐 남을 보는 것 또한 내게는 행복이었다.

세월이 한참 지나 내가 직장에 다닐 때, 떡을 팔려고 사무실에 온 분이 흰 치마저고리를 입은 모습에서 어머니 모습이 떠올라 떡을 꽤 많이 사서 나누어 먹고, 집에 가져간 적이 있었다. 이 이야기를 어머니께 했더니 당신의 일처럼 좋아하고 다른 사람에게 자랑까지 하시는 것을 보았다.

아버지를 먼저 저세상에 보내고 6남매를 키워낸 어머니 이야기는 그 당시를 살아온 모든 사람의 고달팠던 인생과 크게 다르지 않다. 그런 세월을 집 안팎에서 함께 하며 어머니의 삶이 어떤지 알면서도 평생 모시지 못하고 나는 서울에서 살고 어머니는 고향에서 돌아가실 때까지 농사일을 했다.

26년 전 돌아가신 그 이후에나 즐거울 때면 '이런 모습을 어머니가 보셨으면 좋아했을 텐데…' 생각하는 것은 물론이고, 때때로 선택의 갈림길에 설 때면 어머니라면 이런 경우에 어떻게 했을까 또는 '내가 이렇게 한 것을 좋아할까' 생각하고 행동했다.

그래도 농업고등학교에 다니며 어머니 농사일을 도와드리던 내가 농군이 될 것으로 기대한 어머니를 배반하고 고등학교 2학년 때 상경함으로써 어머니를 크게 실망하게 한 일을 생각하면 아직도 죄송한 마음에 몸 둘 바를 모른다. 아주 평범한 진리로, 살아계실 때 잘 해야 할 것을 이제 생각하면 자괴감만 더 커진다.

어머니의 뒷모습

—

최병호
청렴코리아 대표

저만의 이기심으로 안부를 여쭙는 못난 자식은 아닐까 싶습니다. 그래도 어머니께 편지를 쓸 수 있어 다행입니다.

어머니! 기억하세요? 조부모께서 살아생전 버는 것보다 평생 쓰기만 했으니 재산이 남아날 재간이 없었다고 말씀하셨죠. 한 평의 밭떼기도 없어 남의 밭에 김을 매고 품삯이라도 벌어보실 요령으로 어린 저를 데리고, 덕산 넘어가는 고갯마루까지 나무하러 다니던 일, 산에 떨어져 나뒹굴던 솔잎파리를 갈퀴로 긁어서 항아리보다도 더 크게 둘둘 말아 칡넝쿨로 단단히 묶어 어머니는 머리에 이고, 저는 고사목 둥치 네댓 개를 허리춤에 차고 해 질 무렵이면 산에서 내려오곤 했었지요. 그때 제 나이 10살 남짓이었을 겁니다.

철도고등학교 졸업 후, 임용 발령이 나지 않아 무작정 기다리고 있을 때인, 어느 날 어머니께서 조용히 부르셨지요. '부모가 자식 뒷바라지도 제대로 못 해서 늘 미안하다' 면서 빚을

내어서라도 학원비를 줄 테니 등록하라는 말씀에 앞뒤 잴 것
도 없이 기뻐했던 저는 여전히 철부지였던 거지요.

어머니, 1994년 8월 15일이 무슨 날인지 기억하세요?

바로 부모님께서 이민을 떠나신 날입니다. 결국, 떠나야 했
던 아버지와 묵묵히 그 뒤를 따라가신 어머니의 뒷모습을 여
전히 기억하고 있습니다. 그래도 참 어머니는 대단하십니다.
말도 설고, 사람도 낯설은 이역만리 미국 땅에서 늘 기쁜 소식
만 전해주셨어요. 미주지역 노래자랑에서 대상도 받고, 한인
방송 광고모델까지, 그동안 한국에서는 누리지 못한 행복감을
말씀하셨습니다.

어머니! 마지막으로 한국에 들르셨던 일 또한 기억하시는지
요? 2013년 늦은 봄. 이제 마지막일지 모른다면서 전국에 흩
어져 계시는 지인들을 일일이 찾아다니셨죠, 기억나시죠? 아
버지 산소에 가서는 당신께서도 묻힐 자리라면서 흐뭇해하시
던 모습, 이모님과 외삼촌한테 들러서는 한참을 서로가 껴안
고 "이젠 저세상에서나 보자"며 흐느끼든 모습, 형제들에게는
"우애 있게 살라"는 말씀 남기시고 다시 미국행 비행기에 오
르셨지요.

어머니! 사람은 시대를 잘 타고 나야 한다는 말이 어머니의
경우입니다. 어머니는 분명 예술가가 돼야 했었습니다. 딱히

기억나시죠? 아버지 산소에 가서는 당신께서도
묻힐 자리라면서 흐뭇해하시던 모습

못다한 공감편지

배우지 않고서도 풍금을 치시는 모습, 흥과 끼가 넘치는 노래와 춤 실력, 뜨개질과 자수, 그림이면 그림, 가히 명장이 울고 갈 수준이었다는 것 아시는지요? 얼마 후 누나가 전해준 소식은 그야말로 청천벽력이었습니다.

"엄마가 이젠 힘들 것 같다. 의식도 잃으셨어….”

마지막으로 엄마 목소리를 들었던 게 언제였는지, 그때 무슨 말들을 주고받았는지 기억이 나질 않습니다.

아직도 핸드폰에 어머니의 전화번호가 남아있습니다.

정말 보고 싶어요. 그리고 죄송해요. 사랑합니다.

40년 만에 불러보는 아버지

—

윤문원
작가

아버지! 40년 만에 불러보는 이름입니다.

아버지께서는 제가 군대에서 마지막 휴가를 나온 기간에 갑자기 세상을 떠나셨지요. 평소 아버지께서는 "죽음이란 언제 어떻게 닥칠지 모른다. 내가 죽는 날이 오거든 화장을 해서 산하에 뿌려라"고 말씀하셨지요.

하지만 막상 닥치고 보니 그렇게 안 되더군요. 알면서도 마음이란 게 그런 게 아니지 않습니까? 자식 된 도리로서 안 될 것 같은 생각이 들었습니다. 결국, 어머니께서 "죽은 사람 평소 소원도 못 들어주느냐?" 호통을 치시기에 따를 수밖에 없었습니다.

아버지께서 떠나시던 날, 화장장의 활활 타오르는 불길을 보면서, 어머니는 즐겁게 노래를 부르셨습니다. 그래야지 아버지께서 천당으로 가신다고 하시면서요.

어머니께서 노래 부르는 모습은 그때가 처음이자 마지막이었습니다. 그 이전에도 그 이후에도 어머니가 노래 부르는 모습은 한번도 없었으니까요.

며칠 전 대중목욕탕에 갔습니다. 50여 년 전, 아버지 구두를 닦던 생각이 났습니다. 구두 안에 한쪽 손을 집어넣고 솔에 구두약을 묻혀 침을 튀겨가면서 아버지 구두를 닦았지요. 나중에는 마른 천으로 쓱쓱 문질러 광을 내보지만, 전문적으로 구두 닦는 사람이 닦은 구두에 비교하면 형편없었습니다. 하지만 아버지는 미소를 지으며 기분 좋게 구두를 신으셨지요. 아버지! 언젠가 하늘나라에서 아버지를 만나면 신고 있으실 구두에 반짝반짝 광을 내드리고 싶습니다.

그런데 아버지께 참 미안한 게 있습니다. 온 식구들이 모여 팔씨름을 한 적이 있었지요. 그러던 중 제가 아버지께 팔씨름을 한번 해보자고 제안하자 흔쾌히 응하셨지요. 그 결과 제가 아버지를 이겼습니다. 그때 아버지께서는 대견스러운 듯이 웃으시면서 말씀하셨지요. "이제 힘이 많이 세졌구나! 이젠 어른이 다 되었구나."

그때 저는 팔씨름을 한 후 무심코 고개를 들었습니다. 대견스러워하면서도 무안하고 겸연쩍어하는 아버지 표정을 보게 되었습니다. "이제 자식에게까지 힘이 부칠 정도가 되었구나." 이렇게 말하고 계시는 것 같은 아버지 눈을 보았습니다.

아버지! 언젠가 하늘나라에서 아버지를 만나면 신고
있으실 구두에 반짝반짝 광을 내드리고 싶습니다.

아버지! 막내아들을 하늘나라에서 만나셨겠지요. 동생은 제가 신혼일 때 빵 굽는 기계를 선물로 주었습니다. 하지만 빵굽는 것이 귀찮아 한 번도 사용하지 않고 이사를 하면서 다른 사람에게 주어 버렸습니다. 그 기계로 한 번이라도 빵을 만들었으면 하는 후회가 드는군요.

동생이 갑자기 사망하기 며칠 전에 만났을 때, 집으로 돌아오는 제 차 트렁크에 단감 한 상자를 사서 실어주었습니다. 동생이 사망하던 그 순간까지 그 단감은 남아있었습니다.

아버지! 가족이란 우리들이 마시는 공기와 같다는 생각이 듭니다. 공기란 항상 함께 하므로 그 소중함을 모른 채 지냅니다.

구순이 넘으신 어머님은 큰형님의 효도를 받으며 지금도 삶의 마지막 순간까지 치매에 걸리지 않겠다고 하시면서 매일매일 성경을 노트에 옮겨 적고 계십니다.

언젠가 아버지를 만나 하늘나라에서 온 가족이 함께 오순도순 지내고 싶습니다.

아버지 모습에 제 모습이 겹칩니다

—

홍성남
시인

아침 일찍 아흔다섯의 노모와 큰 형님과 함께 아버지의 산소를 향해 길을 나섰습니다. 마을 어귀의 들녘을 바라보고 있는 아버지의 묘는 양지바른 곳이라 햇볕이 잘 들어 풀이 무성했습니다.

31년 전 아버지는 추운 겨울날 떠나셨습니다. 그날 눈이 참으로 많이 왔었습니다. 아버지께서 갑자기 돌아가신 충격을 씻기 위해 군대에 자원입대했습니다.

아버지는 당시 유명한 전주사범학교 진학에는 실패했지만, 니체와 쇼펜하우어 그리고 역사와 문학을 좋아했습니다. 또한, 사서삼경을 섭렵하신 할아버님은 서당을 열어 훈장을 하셨는데, 조부께서는 아들이 농사나 지었으면 하는 생각에 역사와 문학을 좋아하는 아버지를 늘 철없는 아들로 여겼던 것 같습니다. 장수하던 집안이었지만 아버지는 조부에게 묻지도 않고 먼저 세상을 떠나셨습니다.

가끔은 저 자신의 모습에서 아버지와의 닮음을 확인하곤
흠칫 놀라면서 아버지의 모습에 내 모습이 겹쳐집니다.

산소에 앉아 마을 들녘을 바라보니 아버지에 대한 추억이 밀려왔습니다. 아버지는 논에 농약을 친 후 목욕을 마을 앞 냇가의 다리 밑에서 하셨지요. 등을 밀어 드리는 일은 제 몫이었습니다. 깨끗한 모래를 손으로 파고 그 안에 앉아 아버지와 함께 몸을 씻으면 참으로 시원하고 개운했습니다. 즉석 노천 목욕탕이었습니다.

아버지는 잔정이 많으셨지만, 그 시대의 다른 아버지들처럼 표현은 서툴렀습니다. 소나기가 몹시 내리던 어느 날 오후, 우산을 들고 학교에 마중 오신 적이 있습니다. 그런 일은 처음이자 마지막이었습니다. 우산을 건네준 아버지는 앞서서 말없이 걸어가셨습니다.

훗날 아버지의 사진을 보니 타고난 기질이었던 것 같습니다. 문학과 여행을 좋아하고 말하기를 즐기는 분이셨습니다. 새로움을 추구하는 과정에서 아버지는 격식을 뛰어넘어 앞서가는 부분이 많았습니다. 대신에 뒷감당과 수습에는 어머니의 수고로움이 많았습니다.

세상사 지난 일은 추억이 되고 새삼스러운 것이 됩니다. 나이가 들면서 아들은 아버지를 닮아간다는 말처럼 가끔은 저 자신의 모습에서 아버지와의 닮음을 확인하곤 흠칫 놀라면서 아버지의 모습에 내 모습이 겹쳐집니다.

아버지, 당신이 계신 정읍의 고향 마을을 자주 찾아보지는 못하지만 제 가슴 속에는 항상 자리 잡고 있습니다. 한 잔 술을 마실 때는 술을 즐기신 아버지가 더욱 더 그립습니다. 살아생전 술 한 잔 대접하지 못함이 매우 아쉽고 죄송합니다.

인생은 먼저 간 사람과 나중에 간 사람의 구별 없이 저승에서 만나는 것이니 저도 아버지 곁을 향해 조금씩 다가가고 있습니다.

단디해라

용인송담대 교수

그분이, 그 말씀을 해주시기 시작한 것은 더 오래전이겠지만 제 기억으로는 중학교 1학년 때인 것으로 생각됩니다. 체육 시간에 발목을 다쳐 깁스했을 때 그분은 한마디 말씀하셨습니다.

"단디하지."

그때 '나는 다쳐서 아픈데 그 한마디 말뿐이시네'라는 서운함이 있었습니다. 중학교 1학년, 열네 살 입장에서는 그런 생각을 가질 법도 했습니다. 하지만 그 멋없는 말씀은 1933년 태어나서 어린 시기에 일제 강점기를 이겨내고 한국전쟁을 거쳐 젊음을 해군으로 보내시며 국가에 청춘을 바치셨던 아버지에게는 나름대로 의미가 담긴 말씀이었을 것입니다.

이후에도 수시로 같은 말씀을 하셨겠지만 제 기억에 남아있는 것은 수년이 흘러 제가 대학에 입학하면서 부모님 곁을 떠나게 되었을 때로 생각됩니다. 스무 살이 될 때까지 고향을 떠

'조심하고 신중하게 행동해라'는 걱정과 당부의 뜻이
있다는 것을 알게 된 것은 30년이 지난 후에서야
어렴풋이 이해하기 시작했습니다.

나본 적이 없고, 부모님 곁을 떠나 혼자 살아본 적이 없어 저 스스로 막연한 불안감이 있어서 더욱 그 말씀이 기억에 남습니다. 아버지께서도 막내둥이를 타지로 보내는 걱정에서 그런 말씀을 하셨겠지요. 그리고 대학 졸업 후 첫 직장에 입사했을 때도, 15년의 회사생활을 끝내고 교수로 부임하게 되었을 때도 당신께서는 그 말씀을 잊지 않으시고 하셨습니다.

1984년 중학생 1학년 시절에 들었던 "단디해라"는 '조심하고 신중하게 행동해라'는 걱정과 당부의 뜻이 있다는 것을 알게 된 것은 30년이 지난 후에서야 어렴풋이 이해하기 시작했습니다.

작년에 대상포진으로 아버지께서 입원하시게 되었을 때 병문안에서 나도 모르게 "단디하시지"라는 말이 나오고서야 알았죠. 그 말에 걱정과 당부, 가까이에서 지켜드리지 못하는 자식으로서의 죄책감이 숨어있는 말이라는 것을 아버지도 알고 계셨을 것입니다.

그리고 당신께서는 대상포진이 낫지도 않은 상황에서도 자식을 서울로 보내며 그 말씀을 잊지 않으셨습니다. 무거운 마음으로 서울로 올라오면서 그 말씀을 다시 생각해 보았습니다. 학생들에게 수업을 제대로 하고 가족들을 잘 건사하며, 타인에게 상처를 주지 않고 함께 행복하게 사는 것, 그리고 사회

구성원으로 발전된 역할을 하라는 말씀이시라는 것을….

이제는 팔순을 훌쩍 넘기시고 거동조차 불편하신 아버지이시지만 불혹을 지나 지천명에 가까워진 막내둥이에게 아직도 그 말씀을 하십니다.

KTX를 타면 3시간도 안 걸리는 길에 무슨 일이 있겠습니까마는 오랜만에 고향에 갔다 일상으로 돌아가는 자식을 보면 자식을 향한 마음은 열네 살 때나 지금이나 항상 같으신가 봅니다. 무심한 듯 애정이 담겨있는 그 말씀이 그립고 오래도록 들을 수 있었으면 좋겠습니다.

사랑합니다. 아버지!

바른 삶을 가르쳐주신 은사님

ㅡ
서원동
월드커뮤니케이션즈 대표

존경하는 정방래 은사님!

마음속에 늘 그리워하면서도 오랫동안 찾아뵙지 못했는데 건강하게 잘 지내시는지요? 교단 위에서 저희를 가르치던 젊고 자상했던 선생님의 모습이 제 기억에 아직도 생생한데…. 어느덧 50년이 다 되어가니 세월이 많이 흘렀습니다.

제가 은사님을 처음 만난 것은 중학교 2학년 때였습니다. 담임을 맡아 저희 앞에 오신 은사님은 "앞으로 1년 동안 열심히 공부해보자. 호랑이가 되기 위해 최선을 다하면 적어도 고양이는 될 수 있다"며 큰 꿈을 가지라고 말씀 하셨지요.

대학 졸업 후 곧장 우리 학교에 부임하셨던 선생님은 총각으로서 젊은 열정을 우리들에게 쏟으셨습니다. 국어 과목을 담당하셨기에 수업이 많아 학생들과 많은 시간을 함께하셨던 은사님은 저희 반은 물론 다른 반 친구들로부터도 존경을 받으셨지요.

사랑하는 은사님! 학창시절에 훌륭한 스승을 만나는
것이 매우 중요한데 저는 2년간 은사님의 사랑 속에
공부할 수 있었으니 얼마나 행복했는지 모릅니다.

더욱이 "공부도 중요하지만 정직하고 예의바른 학생, 나라를 생각하는 학생, 예수님처럼 형제와 이웃을 사랑하는 학생이 되라"고 가르치셨기에 어린 저희들은 큰 감화를 받았고, 저희 반은 학교에서 모범반으로 평가 받으며 공부할 수 있었습니다.

이제 저도 회갑을 지나 지난날을 돌아보니, 은사님의 가르침과 사랑이 너무 컸음을 깨닫게 됩니다. 어머니를 일찍 여의고 방황하던 저에게 하나님 사랑을 알게 하시고, "어려운 이웃을 돕는 사람이 되라"며 용기를 북돋아 주신 은사님을 만나지 못했더라면 저의 인생은 어떻게 변했을지 알 수가 없습니다.

미션 스쿨이라서 대부분 선생님이 교회를 다녔지만 더욱 신실한 집사님이셨던 은사님은 조회와 종례 시간에 저희들을 위해 뜨거운 기도를 해주셨습니다. 또 바쁘신 가운데도 3, 4개월에 한번 씩 개인 면담을 통해 제자들의 어려움과 고민을 들어주셨고 특히 저에게는 힘내서 바른 길을 가도록 격려해 주셨지요.

사랑하는 은사님! 더욱 감사한 것은 제가 3학년 때도 은사님이 담임을 맡게 되어 2년 동안 계속 은사님의 따뜻한 보살핌 속에서 공부한 것입니다. 학창시절에 훌륭한 스승을 만나는 것이 매우 중요한데 저는 은사님의 크신 사랑을 넘치도록 받으며 공부할 수 있었으니 얼마나 행복한 제자인지 모릅니다.

또한, 중학시절 맺어진 은사님과의 인연이 고등학교까지 이어진 것에 저는 더욱 감사를 드립니다. 중학교와 동일 학원이던 고교에 진학해 같은 교정을 사용했기에 고교시절에도 저는 은사님을 종종 찾아뵐 수 있었고 계속 가르침을 받을 수 있었지요. 그 때문에 저는 중·고교시절에 은사님을 만났던 것이야말로 저에게 내려주신 하나님의 큰 축복이었다고 생각합니다.

정방래 은사님! 가르침에 힘입어 저는 고교와 대학을 잘 마치게 되었고 대기업에 취직한 후에는 배운 것을 실천하기 위해 열심히 노력해 왔습니다. 그러나 급성장해오던 우리나라에 90년대 말 발생한 IMF 구제 금융 사태는 많은 국민들에게 커다란 충격을 주었고 저도 그 여파로 시련을 겪다 보니 은사님을 찾아뵙지 못했습니다. 은사님의 기대처럼 훌륭한 사람이 못된 것에 대한 자책감 등으로 마음으로만 그리워하며 지냈는데 돌이켜보니 저의 편협한 생각이었습니다.

세상에서 말하는 출세나 명예를 얻지는 못했지만, 은사님께서 가르쳐 주신대로 이웃을 배려하고 사랑하는 사람이 되고자 노력해 왔으므로 실패한 인생은 아닌 것 같은데 제가 너무 자괴감을 갖고 살아온 것 같습니다.

은사님! 모교에서 교장으로 퇴임하신 후에도 교회 장로님으로 신실하게 지내시던 은사님을 생각하면 가슴이 뭉클해집니다. 저도 은사님처럼 참된 기독교인이 되어 하나님 사랑을 실천하는 사람이 되겠다고 다짐해왔으나 아직도 부족한 점이 많은데, 지난 가을 저에게 믿음을 심어주신 은사님 덕분에 출석하는 교회에서 장로로 피택 되었습니다. 앞으로 예수님 닮아가는 일꾼 되도록 노력하여 은사님을 찾아뵙도록 하겠습니다.

사랑하는 은사님! 제 앞가림만 신경을 쓰다 보니 오랫동안 찾아뵙지 못했습니다. 못난 제자를 너그러운 마음으로 용서해주시기 바라며 새해가 되면 찾아뵙고 절하겠습니다. 부디 건강하시고 평안히 계십시오.

타무라 학형에게

—

김도형
한림대 겸임교수

타무라 학형을 떠올리며!

최근 몇 년 연하장을 보내도 타무라 상의 답장이 없다. 지금으로부터 40년 전의 일이다. 무작정 유학을 떠났던 나를 친동생처럼 학업은 물론 일자리까지 돌봐 주셨던 그분은 나에게 더 없는 대선배였고 따뜻한 스승이었다. 유학 시절 나는 그를 통해 일본 사회와 일본인의 미의식, 축소 지향적 사고, 혼내(本音)와 다테마에(建前), 장인정신, 응석받이 의식구조 등을 어렴풋이 이해할 수 있었다.

당시 그는 이론경제학 범주에서 크게 벗어난 논문 주제를 연구하고 있었다. 1930년대 조선인의 일본 이주 실태였다. 단순한 이주통계가 아니고 일본에 도착한 이후 어디로 이동하여 정착했는지 등 이주민의 일본 내 지역과 직업 분포까지 실로 방대한 자료 수집과 계량 분석을 시도하는 일이었다. 일제치하 조선인 강제징용자뿐만 아니라 불법도항자도 대상이었다.

일본 주류경제학자들이 등한시하던 차별 문제를 다루어 보겠다는 의도였음을 알게 되었다.

일본은 과연 어떠한가. 오늘날 동경 신주쿠의 신도심 고층 빌딩 지역은 세계적인 고소득군의 위용을 자랑한다. 하지만 주변 나카노구의 밀집된 판잣집은 저소득군. 즉, 전쟁의 희생물이다. 전후 70년 동안 소외되었던 지방, 중소기업, 농업, 여성, 재일한국인 등 각계각층들이 화려한 고성장의 그늘에 웅크리고 있는 현실이 피부에 와 닿는다. 현재도 일본에는 부락민(部落民)이 다수 존재한다. 그들에 대한 소위 동화정책을 끈질기게 지속하고 있지만 드러내려 하지 않는다.

이는 일본 경제학의 주류이면서도 이들과 아픔을 함께해 온 타무라 상이 있었기에 그들이 희망의 끈을 놓지 않았던 게 아닌지 생각해 본다. 일본 유학 후 현지에서 정년퇴직 때까지 우리 교포의 지방참정권 확보를 위해 시민운동을 해온 대선배들도 있다.

일전에 한수산 작가의 군함도를 읽고 그의 모교에서 열린 출판기념회를 다녀왔다. 일제 치하에서 한 지식인은 신혼도 잠시 임신한 아내를 두고 맏형 대신 나가사키의 군함도로 끌려가 지하 탄광 하시마에 역류당했다 탈출하지만, 나가사키 원폭 피해까지 입은 채 고향으로 발길을 옮긴다.

일본인들은 자식이 태어나면 '다른 사람에게
폐를 끼치지 말라'를 철저하게 가르친다.
일종의 교육칙어인 셈이다.

지금은 관광유람선이 돌아 나오는 폐허의 섬. 군함도가 2015년 유네스코 세계유산에 일본의 메이지 산업혁명 유산으로 등재되기에 이르렀다. 작가는 군함도를 이렇게 마무리한다.

'일본은 군함도에서 강제징용 조선인에 대한 가혹한 강제노동이 있었음을 밝혀야 한다. 그들이 말하는 메이지 시대 일본의 산업을 떠받친 하시마탄광의 영광에는 조선인 강제징용자들의 눈물과 분노와 희생이 있었다.'

일본인들은 자식이 태어나면 "다른 사람에게 폐를 끼치지 말라"를 철저하게 가르친다. 일종의 교육칙어인 셈이다. 그럼에도 그들 조상은 주변국에 돌이킬 수 없는 상처를 주었다.

마침 주거지가 한 동네였던 관계로 단골 선술집에서 밤늦도록 마셔가면서 한·일간 쟁점들을 비판하다가 새벽 귀갓길을 서두르던 타무라 상과의 옛날이 그립기만 하다.

초가삼간에서 7남매를 낳은 비법

신백훈
하모니십연구소 대표

주폭 남편과 7남매 어머니께

우리 가족은 7남매가 초가삼간 집에 살았습니다. 아버지는 목수인데 애주가라기보다는 폭음을 하여 주정이 심하셨습니다. 아버지 주정 부림에 어머니와 우리는 참으로 힘들었습니다. 특히 어머니는 "너희들 아니면 내가 벌써 죽었다"며 울고 지내시는 모습을 보며 자랐습니다.

그래서 나는 결심했습니다. 나는 커서 절대 술주정만은 하지 않겠다고 했고, 성인이 되어서도 애주가이면서도 술을 마시면 화도 풀리고, 싸우지도 않고, 너그러워진다는 습관을 길렀지요. 아버지가 반면교사가 된 셈입니다.

커서도 어머니만 생각하면 마음이 쓰립니다. 어머니는 고생만 하시다가 돌아가시고 불행한 삶만을 살다 가셔서 그저 안타까운 마음뿐입니다.

아! 우리 어머니는 무슨 낙으로 살았을까? 참으로 그리도 불쌍하게 사신 인생 72세에 일찍 돌아가신 어머니! 부디 저승에서라도 행복의 낙을 누리소서 하는 마음이 늘 마음속을 차지합니다.

그런데 사람은 60이 넘어야 철이 든다고 '사랑이 있는 고생이 행복'이라는 말을 듣고 어머니의 인생이 우리 7남매를 낳고 키우고 결혼시켰으니 행복을 누리신 거구나 하고 이해가 됩니다.

그리고 지금 와서 느끼는 불가사의는 '어떻게 초가삼간에서 7남매를 낳을 수 있었을까' 하는 것입니다. 지금처럼 동네에 모텔이 있는 것도 아닌 시절에 전혀 내가 눈치도 못 채게나 이후로 동생을 네 명이나 만드는 부부 사랑을 할 수 있었는가는 참으로 신기합니다.

술에서 깨어난 아버지는 정말 인자하셨습니다. 어머니가 아버지의 주정을 미워하다가도 가끔 보신탕도 정성스럽게 해주시고, 보약도 달여 주시고, 새끼회(제주도에 '돼지새끼회'라는 강장 음식)를 만들어 주시고 하는 걸 보았는데 인제 와서 생각하니 두 분만이 사랑의 비법을 알았습니다. 사랑이 있는 고생이 행복이란 것을 확실하게 공감이 됩니다.

시집간 딸이 외손자 하나만 낳고 그만두겠다는 것을 '사랑 고생 행복'이라는 말로 권유를 하였더니 둘째 외손자를 낳았

어떻게 초가삼간에서 7남매를 낳을 수 있었을까 하는
것입니다. 지금처럼 동네에 모텔이 있는 것도 아닌
시절에 전혀 내가 눈치도 못 채게 나 이후로 동생을
네 명이나 만드는 부부 사랑을 할 수 있었는가는
참으로 신기합니다.

습니다. 고생은 되겠지만 그게 행복인 것을 알면 되는 것이지요. 그런데 둘째 외손자가 100일도 못 되어 폐렴 증세로 입원을 하였습니다. 참으로 안쓰럽고 둘째를 낳으라 한 내가 '이거 무슨 짓 했나?' 자괴감이 들었습니다. 하지만 이제 퇴원해 미소 짓는 애를 보는 행복을 누리고 있습니다.

아름다운 조국을 사랑하는 외손자에게 물려줘야지, 후손을 위해 사랑이 있는 고생으로 행복한 출산장려 운동에 나서야겠습니다. 친구와 한잔하자는 약속 시각이 다가오고 있어 서둘러야겠습니다. 중요한 약속입니다.

"행복이란? 사랑이 있는 고생"

고개 숙인 남자

—

구원회
재한외국인문화교류재단 이사장

초등학교 여자동창생들에게 보냅니다.

70년대 초, 촌놈이 다니던 그 시절 초등학교는 가을이면 코스모스가 온 천지 흐드러지게 피고, 바로 옆엔 기차가 지나다니는 지방 도시 변두리에 있었다.

어느 가을날, 한 무리의 여자애들 쪽으로 공이 굴러갔다. 처음 보는 여자아이가 공을 집어 들었다. 촌놈은 달려가면서 외쳤다.

"가시내야! 공 이리도(줘)"

"언제 봤다고 가시내라고 하니? 예의 바르게 말할 수 없니?"

충격이었다. 태어나 처음 들어 보는 서울말, 은쟁반에 옥구슬 굴러가는 줄 알았다. 처음으로 고개 숙인 남자가 되었다. 첫사랑은 그렇게 시작되었다.

같은 반에서 언제나 어울려 다녔다. 밥도 같이 먹고, 개구리

열세 살 촌놈은 가슴을 탕탕 치며 말했다.
"나는 니밖에 없데이. 걱정 말거래이.
어른 되면 내가 꼭 찾아 갈기데이…."

와 매미도 잡으러 다니고, 전국경시대회에도 같이 나가고….

학교에 가려면 육교를 하나 건너야 했다. 육교 난간에 촌놈에 대해 늘 야릇한 글귀가 쓰여 있어 동생과 등교할 땐 눈길을 돌리느라 애를 먹곤 했다.

꿈같던 1년. 공군 대령이던 아버지를 따라 서울로 돌아가는 그 날, 성인이 되어 다시 만나자며 서울 애와 촌놈은 굳게 약속했다. 비닐로 된 반지갑과 오로라 연필 한 다스를 징표로 교환했다. 열세 살 촌놈은 가슴을 탕탕 치며 말했다.

"나는 니밖에 없데이. 걱정 말거래이. 어른 되면 내가 꼭 찾아 갈기데이…."

촌놈 서울 입성. 스무 살. 서울시 전화번호부를 구했다. 알고 있는 것은 '화곡동'. 화곡동에 있는 공씨 성을 다 찾았다. 여자 이름 빼고. 30여 명이 채 되지 않았다. 이름과 전화번호를 적어 바지 주머니에 넣었다. 빨래를 하시던 어머니께서 말씀하셨다.

"애야, 웬 공씨 성만 이렇게 많이 적혀 있니?"

고개 숙인 남자가 되었다. 이후 누구도 촌놈 주머니 만지는 것을 용납하지 않는다.

결혼했다. 서울말 쓰는 여성으로… 시간이 많이 흘렀다. 집 사람에게 양해를 구했다. 한번 만나 보겠다고. 젊었을 땐 그리

노력해도 이뤄지지 않더니 나이가 들어서 연결이 됐다. 어떻게 살았냐고 물었다. 항공사 승무원을 했다 한다. 이리저리 맞춰보니 만날 수도 있었다. 역시 첫사랑은 이뤄지지 않고 부부 인연은 따로 있나 보다.

그후 동창회에서 1~2년에 한 번씩 본다. 술이 아주 세다. 촌놈은 이제 고개만 숙이는 것이 아니라 눈까지 풀린다. '마누라가 기다리는데… 오늘도 집사람과 이 친구를 전화 연결해 줘야 하나 보다.

연상의 여학생

—

최창현
가톨릭관동대 교수

1973년 봄으로 기억된다. 당시 종로 2가에 위치한 EMI 영어학원에서 새벽 단과반을 수강했었다. 나는 중학교 2학년이었고, 수강생들은 대부분 고입시험을 목전에 둔 중학교 3학년생들이었다.

첫날 가보니 한 반에 150여 명 들어가는 강의실 뒤는 자리가 없고 한 명의 여학생만 있는 앞자리만 한두 줄 비어 있어 선생님이 앞으로 오라고 하셨다. 처음에는 왜 앞줄이 비어 있는지 몰랐다. 매 수업시간 암기할 문장이 한 20여 개 적혀있는 8절지 종이를 나눠주시고 다음 날 물어보니 그 여학생을 빼고는 다 앞자리를 피했던 것이었다.

머리를 단아하게 묶은 이름도 모르는 중3 그 여학생은 사춘기의 나에게는 연상의 여인이었다. 연상의 여인을 두고 자존심 상하게 뒷자리로 가기가 싫어 기초 문법도 모르는 채 무조건 하루에 20여 개의 문장을 외웠다. 저녁에 암기하고도 불안

머리를 단아하게 묶은 이름도 모르는
중3 그 여학생은 사춘기의 나에게는
연상의 여인이었다.

했던 나는 엄마에게 새벽에 깨워달라고 부탁하고 잠자리에 들곤 했다. 이렇게 시작된 영어 공부는 매일 새벽에 일어나 목욕재계하고 상쾌한 마음으로 문장을 반복해 암기했다.

시간이 흘러 한 달이 되어가자, 선생님이 아직 중 2학년생이니 한 달 더 들어보라고 권유하셔서 한 달을 더 신청해서 공부하기로 했다. 홍일점이었던 그 여학생이 나에게 영어를 흥미 있게 만든 선생님이었는지도 모른다. 한 달이 너무 짧은 시간처럼 흘렀다. 그 연상의 여학생도 영어 수강을 신청했기를 기대했다. 다시 시작된 첫 수업시간. 문을 열었을 때, 톡톡 튀었던 긴장감이 지금도 새록새록 생각난다.

기대했던 연상의 여학생도 앞줄에 앉아 있었다. 내가 얼마나 기뻤는지 오묘한 감정을 표현하기는 어렵지만, 그 시절의 영어공부는 나에게 엄청난 동기를 부여했다. 어찌나 기뻐했던지 또 미친 듯이 암기해, 500여 문장을 외우니 문법이 저절로 이해가 가기 시작했다.

내가 영어에 흥미를 갖게 한 선생님의 이름을 아직도 기억하고 있다. 바로 권재열 선생님이다. 선생님 덕분에 아마 내가 유학도 가고 10여 년 전 파고다 외국어학원에서 토익 강의를 할 기회도 얻고, 이를 계기로 현 재직 중인 대학의 학과에 공무원 영어 과목을 개설하고, 토익 책을 집필해 행정학과 학생들에게 공무원 시험의 당락을 결정짓는 영어를 가르칠 수 있어 무척 행복하다.

전우의 추억

최방주
방주농장 대표

매년 6월만 되면 먼저 보낸 전우와 생사고락을 같이했던 전우 생각에 몸살을 앓는다. 그래서 6월이면 서해를 찾는다.

지금도 망망대해에서 만경창파와 싸우며 육지를 향한 사랑하는 가족을 그리워하며 하늘과 바다와 갈매기를 벗 삼아 외로움을 달래고 있는 동료 전우들의 무운을 빈다.

나에게 거짓 없는 진실은 바위도 뚫을 수 있을 것이라는 생각으로 35년 전 바다 위에 멋진 군복을 입고 진한 땀방울을 흘리며 최선을 다한 우직한 해군이었다.

1999년 6월 제1연평해전 당시 서해 기지 대원들과 함께 손수레에 비상 탄약을 싣고 한치 앞도 분간할 수 없는 빗속을 뚫고, 군수지원 임무에 최선을 다함으로써 승전에 일조하였던 기억과 목숨을 건 전우들의 잊을 수 없는 일화를 추억하곤 한다.

선임병이 늦은 밤에 내 방으로 찾아와서 내일부터 마지막 전역 휴가를 취소해 달라고 했다. 깜짝 놀라서 무슨 고민이나

제2장 추억이 있는 풍경　**125**

사랑하는 전우들과 함께 무에서 유를 창조한다는
불굴의 정신으로 언제 어디서나 이길 수 있다는
자신감의 화신이었다.

안 좋은 일이 있느냐고 자초지종을 물으니, 사실은 후임 병사 홀어머니가 암 병동에 입원해 있어 자기 휴가를 후임병에게 대신 주면 안 되겠느냐고 상담해 왔다. 나는 그 순간 지휘관으로서 죄책감을 느꼈다. 요동치는 파도에 떠밀려 허우적거리다가 겨우 정신을 차리고, 며칠만 지나면 전역이라 모른 체할 수 있는데도 불구하고 후임자를 배려할 줄 아는 따뜻한 가슴을 지닌 병사, 꽃보다 아름답고, 바다보다 넓은 가슴을 지닌 그 전우를 가끔 떠올릴 때면 가슴이 시뻘건 용광로처럼 뜨거워진다.

국민들의 뜨거웠던 격려와 요원의 불길처럼 타올랐던 열화와 같은 성원을 지금도 잊지 못하고 있다. 그러기에 나는 나 개인이 아닌 자랑스러운 군복을 입은 행복한 군인으로서 해군을 위하고, 하나뿐인 조국을 위한 길이라면 자갈밭, 가시덤불을 헤치며, 이 한목숨 기꺼이 바칠 각오가 되어있었다.

23전 23승이라는 기적과 같은 전승의 신화를 창조한 해전의 명장 성웅 이순신 장군의 후예로서 무한한 자부심과 긍지로 나의 위치에서 나와 해군과 조국을 위한 희망이라는 한 알의 씨앗을 심었다. 짜디짠 땀방울을 흘리며 사랑하는 전우들과 함께 무에서 유를 창조한다는 불굴의 정신으로 언제 어디서나 이길 수 있다는 자신감의 화신이었다.

지금은 전역하여 작은 농장의 주인으로서 해군의 명예를 지키며 열심히 살아가고 있다. 그러나 6월이면 먼저 간 전우 생각에 미친 듯이 서해로 간다.

　나의 고향 바다!

캄보디아로 출동하다!

민지영
한선재단 연구원

말도 많고, 탈도 많았던 사랑하는 내 친구들! 그래도 무사히 캄보디아 여행을 일주일 동안 너희와 함께해서 정말이지 행복했단다.

하루먼저 도착한 1팀, 우리와 동행한 샘이랑 봉환오빠 부부, 그리고 회사문제로 어려운 마음을 가슴에 품고 간 윤재.

다음날 도착한 2팀, 일을 그만둔 세원이, 우리와의 여행에 과감하게 뛰어든 새롬이 그리고 나.

서로 다른 여섯 명이 여행한다고 했을 때, 말은 하지 않았지만 다들 마음속으로 엄청난 우려를 했겠지? 우리가 호랑이띠 소녀들이라 성격과 주장이 강하잖아. 그 모든 걸 다 알면서도 도전한 여행!

캄보디아 수도, 프놈펜의 밤

오케이 부티크에서 6명이 모두 만나 얼싸안고 껴안으면서 우리의 여행이 시작되었지. 다음 날 아침이 밝자마자 수도 프놈펜에서 세계 7대 불가사의 앙코르와트가 있는 시엠레이프로 이동할 때 우린 우편물을 배달하는 우체국 차에 몸을 실어 우편물과 함께 시엠레이프로 배송되었지. 이때부터 자유여행의 매력을 몸소 듬뿍 느낄 수 있었어.

시엠레이프 앙코르와트

앙코르와트는 일출과 일몰을 꼭 구경해야 한다고 꼭두새벽 4시부터 기상! 어제 구두로 약속한 툭툭이 아저씨가 4:45까지 분명히 오신다고 했는데, 5시가 넘어서 오시다니… 다들 이때부터 심적으로 힘들었지? 새벽에 급하게 먹은 빵과 바나나를 의지한 채 오전 5:20부터 앙코르와트 구경이 시작되었다. 무려 오후 3시까지 점심도 거른 채, 거의 10시간 가까이 된 대장정이었다. 우린 거의 대화가 사라졌었지….

톤레삽 호수와 슬리핑 버스

오후 1시 우리 숙소로 픽업한다던 톤레삽 호수 투어버스는 30분 늦게 도착했다. 심지어 우리가 첫 번째 탑승자여서 시엠레이프 온 동네를 한시간 동안 돌아 사람들을 태워 정작 톤레삽 호수에는 3시가 넘어 도착했다. 시아누크빌로 가는 12시간 직행 슬리핑 버스는 오후 8:30 차로 예매해서 7시까지는 다시 숙소로 돌아가야 하는 상황, 일몰과 함께한 맹그로브 숲은 너무 좋았으나 슬리핑 버스를 내가 예약해서 계속 신경 쓰였

하늘에 휘영청 큰 보름달과 함께 신나게 수영하던
그 밤, 나 홀로 누워 캄보디아 보름달을 고요히
바라봤던 그 밤이 나는 너무 그립다. 평생 잊지
못할 아름다운 순간이다.

다. 긴박한 시간과 버스정류장에 도착하기까지 다들 기억하지? 우리들의 쫄깃해진 심장을….

시아누크빌과 코롱섬

숙소 근처에 있는 중국집에서 만난 단돈 8달러에 양 많은 꿔바로우를 이틀 동안 3번이나 먹었다는 사실! 그리고 트립어드바이저를 통해 맛집을 검색해서 찾아간 곳마다 모두 다 성공하였지. 나는 '시아누크빌=맛집'으로 정의하고 싶다. 다들 공감하지? 스피드페리를 타고 간 코롱섬, 의외로 배에서 약한 모습을 보인 새롬, 세원, 윤재. 그래도 잘 참고 견뎌주어 고맙구나.

캄보디아 보름달

마지막 날 저녁, 하늘에 휘영청 큰 보름달과 함께 신나게 수영하던 그 밤, 다들 씻으러 들어가고 샘이네 언니가 협찬해준 악어 튜브에 나 홀로 누워 캄보디아 보름달을 고요히 바라봤던 그 밤이 나는 너무 그립다. 평생 잊지 못할 아름다운 순간이다. 우여곡절 끝에 지나간 일주일의 시간, 너희들과 함께해서 나는 정말이지 행복했단다. 유경이랑 아람 오빠네 부부도 함께 갔으면 참 좋았을텐데!

어느덧 우리 6명 중에서 2명이 결혼해서 8명으로 늘어나니, 조만간 12명 완전체가 되는 날이 오겠지?

사랑해 볼트론 내 친구들!

제**3**장

사랑이
있는 풍경

사랑하는 자기에게

이용환
한반도선진화재단 사무총장

오랜만에 당신에게 편지를 씁니다. 우리끼리 하던 '자기'라는 호칭과 '사랑'이라는 표현을 주제로 편지를 씁니다.

나는 이 호칭을 언제부터 사용했는지 모릅니다. 결혼과 동시에 부른 것이 아닌지도 희미합니다. 아마 당신이 먼저 이렇게 불렀고 나에게도 이렇게 불러주기를 부탁한 것 같기도 합니다. 처음에는 이 호칭이 낯설었던 기억이 어렴풋이 나기도 합니다.

한국인 부부의 호칭은 다양한데 우리 부부는 서로가 '자기야'라는 호칭을 쓰고 있으니 정말 별난 부부입니다. 이 때문에 우리 부부는 친구로부터 눈총을 받기도 했지만 무뚝뚝한 남편을 둔 여인네들로부터는 부러움을 받기도 했지요. 심지어 가슴 떨림을 불러오는 호칭이었다는 얘기도 들었지요.

일반적으로 남자들은 여자보다 말수가 적은 편이지요. 그렇다고 남편의 아내 사랑이 덜 한 것은 아닙니다. 모든 남편이

한국인 부부의 호칭은 다양한데 우리 부부는 서로가
'자기야'라는 호칭을 쓰고 있으니 정말 별난
부부입니다.

말은 적지만 눈으로 표정으로 행동으로 아내를 사랑합니다. 그런데도 여인네들은 남편으로부터 말로 몸으로의 표현을 원하는 것 같습니다.

우리 젊은 시절에 당신도 그러했습니다. '사랑'이라는 말을 그렇게 듣고 싶어 했지요. 나는 당신이 '사랑'이라는 말을 해보라고 보채면 짜증을 낸 적도 있는 것 같네요. 당신은 "아무리 좋은 생각을 마음에 담고 있어도 말하지 않으면 그 깊은 곳에 있는 것을 내가 어떻게 알아요" 하면서 표현해주길 원했지요. 그 시절에 나는 당신이 아무리 보채도 '사랑'이란 단어가 입 밖으로 나오지 않았어요. "사랑하는 자기야!" 권유 아닌 권유를 하는 당신의 노하우가 제법이었소. 당신 표정에 '화'나 '심술'이 보일 때마다 '사랑'이란 말이 묘약처럼 약효를 발휘한다는 것을 알고 나서부터는 이 표현에 익숙해지기 시작했답니다. 이 '사랑의 묘약' 때문에 애들에게도 정겨운 아빠로 다가갈 수 있었지요.

어느 날 형님이 우리 부부에게 '고무줄'이라는 별칭을 붙여 주면서 "너희 부부를 보면 내가 행복해진다"는 말이 오늘따라 새삼스럽네요. 옆에 있으면 있는 대로 떨어져 있으면 떨어진 대로 고무줄처럼 다시 당겨오듯이 느껴집니다. 그래서인지 서로 바쁜 삶을 살고 있지만, 항상 옆에 있는듯 하답니다.

당신은 나에게 항상 고마운 사람입니다. 내가 고민하거나 어려울 때 당신은 항상 따뜻한 손을 내밀어 주었지요. 이제부터라도 당신이 나에게 미소와 대화로 친밀함을 표현해주듯이 나도 당신에게 그렇게 하렵니다. 앞으로도 내가 당신을, 당신이 나를 서로 격려하고 등을 두드려주며 살아갑시다. 내일이 힘들다고 할지라도 웃음으로 서로 격려하며 활기차게 살아갑시다.

세월의 빠름을 느끼며

전) 여의도고 교장

36년 전 맞선을 보는 자리에서 당신을 처음 만났을 때 두 번 생각하지 않고 당신을 내게 달라고 했을 때, 아무것도 묻지 않으시고 당신을 나에게 맡겨주신 장모님과 당신을 생각하면 우리의 만남은 너무나 순진하고 정직하고 비계산적인 어린아이와 같은 만남이었던 것 같소.

첫 만남 후 한 달 만에 결혼을 한 터라, 신혼여행 가서 손잡고 카메라 앞에서 자세 취하는 것조차 쑥스러워했던 우리가 이제는 머리가 희끗희끗한 이순의 나이를 넘어섰으니 세월의 빠름을 다시 한번 느끼게 되는구려.

그동안 세 아이를 낳아 훌륭하게 잘 키워 준 당신께 고맙다는 말을 꼭 하고 싶소. 두 아이를 낳아 키우면서도 통통하게 살이 붙어 있던 당신이 셋째 아이 4.3Kg을 낳고 나서 홀쭉하게 살이 빠진 몸이 회복되지 못하고 더 마르고 연약하게 된 모습을 볼 때마다 내 마음이 아프고 가슴이 저림을 느끼지 않을

우리가 함께 살아왔던 날보다 함께 살아가야 할 날들이
적다고 하더라도 하루하루를 아름답고 의미 있는
추억으로 함께 만들며 행복하게 살아갑시다.

수가 없었다오.

바쁜 직장 생활을 마치고 집에 돌아와서도 얼굴 한번 찡그리지 않고 항상 밝은 미소로 가족들을 대해 주는 당신의 모습은 때로는 천사와 같다는 생각을 해본 적도 있었다오. 온종일 혼자 외롭게 지내던 어머니가 당신만 퇴근하고 오면 얼굴에 생기가 도시며 당신에게 이것저것 물어도 한 번도 싫은 내색하지 않고 그날에 있었던 일을 어머니에게 자상히 얘기해 주는 당신을 볼 때마다 얼마나 고마운지 모른다오.

교회 문턱 한 번 안 넘어 봤던 당신이 남편 따라 교회에 다니며, 큰 불평하지 않고 교회 일에 봉사하며 신앙생활 하는 것이 얼마나 보기에 아름다운지, 비록 큰 믿음은 없지만, 어린아이와 같은 당신의 마음을 하나님께서는 기쁘게 받으시고 복을 주시리라 믿어요.

부부가 함께 건강하게 사는 것이 얼마나 큰 행복이며 감사할 일인지 요즈음 새삼스레 그런 생각이 자주 든다오. 아이들 다 키워 출가시켜 놓고 나면, 서로 마음 의지하며 함께 할 사람은 부부 외에 누가 있겠소.

가끔 서로 심통 부리며 말다툼할 때는 서운하고 미운 생각이 들 때도 있지만, 그래도 몸 아파 누워있을 때 약 한 봉지라도 사다 주고, 등이라도 어루만져 주며 위로해 줄 사람은 당신

밖에 없다오. 서로 심심하고 외로울 때 따뜻한 말벗이 되어주기도 하고, 어디 혼자 외출하기 싫을 때 동행해 줄 수 있는 친구가 있으니 이 얼마나 행복한 일이오.

이제 우리가 함께 살아왔던 날보다 함께 살아가야 할 날들이 적다고 하더라도 하루하루를 아름답고 의미 있는 추억으로 함께 만들며 행복하게 살아갑시다. 행복은 특별한 일에 있는 것이 아니라 평범한 일상 속에 있는 것이라 했으니, 먼 곳에서 행복을 찾으려 하지 말고 우리 가까이 있는 곳에서 행복을 발견하며 살아갑시다.

항상 밝은 당신의 모습 그 속에서 난 행복을 찾겠소.

당신을 사랑합니다.

무슨 끈으로 엮어진 인연이기에

박종우
법원조정위원장

그리운 당신에게,

멀고 먼 이국땅에서 당신에게 여행 소식을 전하고 있습니다. 멀리 지구 반대편 이국땅, 혼자서 12일째 여행을 즐기면서도 겹겹이 쌓인 가정사 때문에 함께 하지 못한 당신을 못내 아쉬워하면서 이 글을 마음속으로나마 저 멀리 허공에 띄워 당신에게 전하렵니다.

이렇게도 아름다운 호수와 폭포로 둘러 쌓여있는 웅장한 풍광을 구경하고 감탄하면서 가정사에 매몰되어 홀로 집안에서 수고하고 있을 당신을 생각해 봅니다. 지금도 당신은 불편한 몸을 이끌고 무엇인가 가족을 위해서 헌신적으로 수고를 하고 있을 것입니다.

이 순간도 그저 당신에게 미안한 마음을 가슴으로만 전할 뿐입니다. 나의 근황을 전하는 순간 눈물까지는 아니더라도 아련함에 가슴을 파고드는 사람인 당신이 멀리서 아름답게 존

당신과 내가 무슨 끈으로 엮어진 인연이기에 살아가면서
이렇듯 잔잔한 감동으로 이국땅에서조차도 내게 자책과
연민으로 다가섰는지 모를 일입니다.

재한다는 사실에 난 참으로 행복합니다.

평생 남보다 많은 네 명의 자식을 낳아 반듯하게 기르느라 힘겨운 삶을 어깨에 동여매고 굳세게 살아온 당신이기에, 이제는 편히 좀 쉴만한 때인데 외손주들까지 당신의 손에 맡겨서 건사하느라 그 무거운 짐을 어찌 가늠할 수가 있겠는지요?

정작 필요한 건 당신의 양 어깨 위에 놓인 무거운 짐을 조금이라도 덜어줄 방안을 마련하는 것이 도리인 줄 왜 모르겠소만, 그 짐을 조금이라도 덜어주기는커녕 오히려 더욱 무겁게 떠넘기는 일상들이 더 마음이 아플 따름이라오.

나도 매사에 당신과 함께 걸어 줄 사람이 필요하다는 것을 잘 알고 있소이다. 그러나 마음뿐 하나도 실천하지 못하고 있다는 것을 스스로 질책해 봅니다.

당신과 내가 무슨 끈으로 엮어진 인연이기에 살아가면서 이렇듯 잔잔한 감동으로 이국땅에서조차도 내게 자책과 연민으로 다가섰는지 모를 일입니다.

당신이 내게, 내가 당신에게 어떤 의미가 담긴 사람인지 굳이 알아야 할 이유는 없지만, 그래도 마음 한구석에 오직 당신의 희생적인 사랑과 넓은 도량으로 한 가정을 훌륭하게 이끌어 가고 있다는 점을 난 전적으로 인정하고 싶습니다.

오늘 이 순간도 무탈하게 여행 잘 다녀오라고 당부하며 집 밖까지 배웅하던 당신의 모습을 기리면서 조심스럽게 행동하고 있답니다.

당신의 앞날에 즐겁고 행복한 나날들이 아름답게 펼쳐지기를 바라면서 이 순간에도 당신의 건강과 행운을 기원합니다. 다시 한번 당신의 가족에 대한 변함없는 사랑과 배려에 감사드리면서 당신의 건강과 행복을 한 폭의 그림 같은 저 드넓은 호수를 향해 기도드립니다.

아내와 친구로 살기

—

배학

전) 한미은행 부행장

같은 처지에 있는 친구 J에게 푸념을 적어 보낸다.

퇴직 후 무한한 자유 시간을 가지게 되면서 자연히 아내와 많은 시간을 보내게 된다. 처음 얼마간 아내는 남편에 대한 배려로 자신의 호불호를 접어두고 남편의 선택을 따른다. 일종의 '양보'이다. 산으로, 들로, 모임으로, 영화관으로, 관광지로…. 그러나 정말 자신이 좋아서 하는 것이 아닌 이런 배려와 양보는 오래 지속하기 어렵고 서로가 불편함을 느끼게 된다. 시간이 지나면 아내는 서서히 본심을 드러내고, 나는 내 생각이 틀렸음을 알게 된다.

어느 책에서 이런 글을 읽었는데 내가 하고 싶은 말을 작가가 똑같이 하고 있다.

"30여 년의 긴 세월, 기쁨과 슬픔을 함께 나누며 살아온 끝에 얻은 확실한 결론의 하나는 '우리 부부는 대부분 서로 안 맞는다는 것'이다. (중략) 이렇게 서로 맞지 않으면서 지난 30

나는 1,000가지 중에서 아내와 안 맞는 것이 998가지이고
딱 2가지만 맞는다. 그 단 2가지는 우린 둘 다 빵을
잘 먹고 커피 마시는 걸 좋아한다는 것이다.

여 년을 어떻게 함께 살아왔을까 하고 생각할 때도 많다."

작가는 아내와 안 맞는 것을 31가지까지 찾아내어 글로 썼다. 같은 공간에서 먹고 자며 겪는 자질구레하지만 중요한 차이들이다. 그중의 내가 공감하는 예를 들면,

- 아내는 국수, 만두 같은 밀가루 음식을 좋아하는데 나는 밀가루 음식이 주식일 수 없다.
- 아내는 튀김을 좋아하고 나는 담백한 나물을 좋아한다.
- 아내는 과일을 좋아하는데 나는 과일을 별로 좋아하지 않는다.
- 아내는 독주를 선호하고 나는 독주는 공짜로 먹으래도 싫다.
- 아내는 푹신한 쿠션의 침대를 좋아하고 나는 그런 데서 자면 허리가 아프다.

가까운 친구들에게 이 글 이야기를 들려주었다. 그랬더니 그중 한 친구는 "나는 1,000가지 중에서 아내와 안 맞는 것이 998가지이고 딱 2가지만 맞는다. 그 단 2가지는 우린 둘 다 빵을 잘 먹고 커피 마시는 걸 좋아한다는 것이다. 그래서 우린 밥해 먹기 싫으면 둘이서 빵하고 커피 마시며 산다. 그리고 나머지는 다 각자 따로이다"라고 너스레를 떤다.

나의 경우도 정말 만만찮다. 나는 추위를 타고 아내는 더위

를 못 참는다. 내가 좋아하는 영화를 아내는 그다지 좋아하는 것 같지 않아 혼자 영화 보러 가기도 한다. 아내는 나보다 친구와 여행하기를 더 좋아한다. 건강을 위해 내가 하는 운동과 아내가 하는 운동은 완전 별개이다. 그러니 우리는 서로 붙어서 같이 할 수 있는 게 별로 없다. 그런데도 우리 부부는 별문제 없이 그럭저럭 잘살고 있는 셈이니, '원래 부부란 나이 들면 이렇게 사는 건가' 하는 생각이 들기도 한다

　토요일 아침 일찍 아내는 딸애와 함께 동네 수영장에 갔다. 아내도 이제 내 친구 중의 하나일 뿐이니 너무 많은 걸 기대하지 않기로 마음먹었다.

너는 참 큰 행복을 주었다

—

윤수현
약학 박사

새삼 편지를 쓰려니 만감이 밀려오는구나.

1979년 태어나 오늘에 이르기까지 고비 고비 순간순간 참으로 길고 어려운 세월이 흘렀구나.

열 달 동안 입덧이 심해서 물로 곡기를 때우며 체중이 20kg이나 빠져서 43kg까지 내려가서, 출산 직후의 몰골이 지금도 문득 생각이 나곤 해서 혼자서 웃곤 한단다.

장녀의 첫 손주라고 기뻐하셨던 외할아버지는 너를 꼭 안아주시며 행복해하시던 모습이 그립구나. 우리 가족에겐 넌 참 큰 행복을 주었단다.

사랑하는 아들아!

매사 적극적이고 호기심이 많으며 책 읽기를 유난히 좋아했고 세 살 때부터 시작한 수영이 너를 건강하게 해준 것 같다. 유치원 때는 각종 대회에서 상을 받아와 자랑하는 너를 엄마는 흐뭇하고 대견했단다.

외국의 낯선 문물과 언어의 장벽에도 너는 붙임성
좋은 성격으로 유학시절을 잘 적응한 자랑스러운
아들이었단다.

초등학교 때는 밴드부에서 트럼펫 주자로서 모든 이의 사랑을 받았었지. 보이스카우트 우주소년단원으로 왕성한 활동으로 소년 시절을 보낸 지난날이 생각나는구나.

세계를 무대로 활동하는 리더로 키우고 싶은 엄마는 너를 조기유학 보내는 선택을 하였단다. 외국의 낯선 문물과 언어의 장벽에도 너는 붙임성 좋은 성격으로 유학시절을 잘 적응한 자랑스러운 아들이었단다.

해군에 입대해서 훈련을 마치고 대청도 복무 중에 엄마의 반대에도 불구하고 10장의 긴 편지를 써놓고 UDT 훈련을 받으러 갔지. 그런데 제2연평해전이라는 뉴스를 보면서 엄마는 가슴을 쓸어내렸던 일, 그 외에도 많은 추억이 되어 버린 지난날이 아들과의 행복했던 소중한 시간이었던 것 같구나!

스위스 유학에서 운동을 유난히 좋아했던 너는 체육대학에 진학을 원했지만, 호텔경영 공부를 1년 해보고 적성에 맞지 않으면 다시 돌아오기로 하고 떠났지. 의외로 잘 적응하여 엄마의 선택에 감사의 편지를 보낸 너의 편지를 받았을 때는 눈물로 긴 밤을 보내며 한잠도 자지 못했구나. 재학 중 인턴 기간에 전 가족을 초대해서 유럽여행을 구석구석 시켜준 기억은 평생 잊지 못할 우리 가족의 아름다운 추억이었단다.

이제는 한 가족의 가장이며 어엿한 사회인으로 전 세계를 다니며 해외사업개발부에서 두각을 나타내면서 열심히 일하는 너의 모습이 자랑스럽고 감사한 마음이다.

　사랑한다, 아들!

마음고생이 크지

임성수
㈜이산 상임고문

사랑하는 아들 재우야!

은행에서 일하느라 고생이 많지? 나름으로 열심히 일했는데 인사고과가 잘 안 나와 마음고생이 크겠다. 인사고과 결과에 너무 신경 쓰지 마라. 그래도 너는 취직하기 어려운 세상에서 직장에 잘 다니고 있으니 얼마나 행복하냐!

아빠도 지난 은행원 시절을 돌이켜 보면, 승진이 안 됐을 때 마음이 아주 아팠던 경험이 있단다. 그러나 지금 돌이켜 생각해 보면 그 마음 아픔이 일시적인 부질없는 일이었던 것으로 여겨진다.

주어진 상황에서 최선을 다했다고 너 자신이 스스로 인정할 수 있다면 더 바랄 것이 무엇이 있겠느냐? 하늘이 알고, 땅이 안단다.

아빠는 〈예불독송경〉 처음에 나오는 '마음 다스리는 글' 중에서, "오는 것을 거절 말고 가는 것을 잡지 말며, 일이 지나

주위에 상대하기 어려운 사람이 있더라도, '내 인연으로
저런 사람이 왔으니 담담히 받아들여 보자' 라고 생각하는
것이 편안하고 유익한 삶의 자세가 아닐까?

갔음에 원망하지 말라" 라는 글을 늘 되새겨 본단다.

인사고과가 잘 안 나온 결과가 왔더라도, 고과를 주신 상사를 비난하는 등 그것을 거절하려 하지 말고, 담담히 받아들이는 마음의 여유를 가져 보려무나.

왜 그런 결과가 너한테 왔는지 곰곰이 되돌아보며, 그 인과관계를 성찰해 보는 것이 나을 것 같구나. 주위에 상대하기 어려운 사람이 있더라도 그 사람을 싫어하는 등 거절하는 마음보다도 '내 인연으로 저런 사람이 왔으니 담담히 받아들여 보자' 라고 생각하는 것이 편안하고 유익한 삶의 자세가 아닐까?

〈보왕삼매론(寶王三昧論)〉에서도 '남이 내 뜻대로 순종해 주기를 바라지 마라. 남이 내 뜻대로 순종해 주면 마음이 스스로 교만해지나니, 그래서 성인이 말씀하시되 내 뜻에 맞지 않는 사람들로써 원림(園林)을 삼으라 하셨느니라' 라는 말씀도 있다.

재우가 꿈을 펼치는 이 세상에는 다양한 사람들과 인연을 맺으면서 살아갈 수밖에 없어. 주어진 인연이 설령 네 취향이 아닌 사람이라도, 그 사람을 있는 그대로 인정하고 받아들이는 긍정적인 자세가 중요함을 아빠는 세상을 살아오면서 깊이 느끼고 있어.

재우야! 아빠가 재우에게 바라는 것은 귀한 기회를 받아 이 세상에 왔다면, 임재우라는 소아(小我)에 너무 집착하지 않고, 늘 넓게 대아(大我)를 보면서 주위의 상황에 흔들리지 않고 묵묵히 전진하는 자랑스러운 아들의 모습이란다.

노자께서도 도덕경에서 '물은 항상 남들이 싫어하는 낮은 곳을 향하므로 도(道)에 가깝다. 그러므로 지극한 선(善)은 물과 같다' 라는 말씀을 하시지 않았니? 우리 재우도 재우라는 소아에 너무 얽매이지 않고, 늘 대아를 추구하여 흐르는 물과 같은 자연스러움을 갖는 대장부가 되기를 바란다.

사랑한다. 그리고 너를 격려한다. 아들아!

배려가 행복이네

김종근
전) 필리핀 정보통신부 정책자문관

아들아! 새로운 밀레니엄 시대를 맞이한 때가 엊그제 같은데 그 시대를 넘어서 지구촌은 지속 가능한 발전 시대로 접어들었다. 국내적으로는 지식정보사회를 이야기하고 제4차 산업혁명의 도약을 위한 깃발을 들어올렸다. 이러한 변혁 시대를 살아가는 젊은이에게 즐겁고 행복한 곳에 무엇이 필요할까? 톱니바퀴처럼 사람들과 서로 어울려서 사는 행복사회는 남의 나라 이야기로만 듣고 있어야하는지 걱정스러움이 앞선다.

부모의 마음은 자녀들이 행복하기를 원하지만 행복은 나무에 열매처럼 달린 것은 아니다. 행복은 창조의 마음을 갖고 스스로 만들어가지 않으면 나와는 상관없는 이야기가 되고 만다. 우리가 태어나면 삶의 주소가 있듯이 모두가 행복의 주소를 갖고 있다고 생각한다. 하지만 행복을 추구하는 소망이 다르고 선택과 방법이 달라서 때로는 충돌하기도 하고 피로감이 생기기도 한다. 우리가 그리는 행복의 주소에는 자기만의 낮

배려는 사회를 지탱하는 힘이고 사회가 공유하는
무형자산이기도 하다.

은 담장이 있어야 하고 윤활유가 있어야 한다.

　나와 내 부모와의 관계, 나와 자녀 간의 관계, 그리고 부부 간의 관계에서도 낮은 담장이 있어야 하고 서로 간에 윤활유가 넘쳐흘러야 한다. 소통은 윤활유이고 배려는 노면(路面)이다. 노면이 거칠면 윤활유 소비량이 증가한다. 배려는 사회를 지탱하는 힘이고 사회가 공유하는 무형자산이기도 하다. 우리가 사는 세상은 연습도 없고 대본도 없는데 인생을 행복하게 살아가는 데는 서로 간에 배려가 필요하다. 비록 우리가 처한 상황이 불안하고 삶의 기반이 무너지더라도 행복을 포기하지는 말아야 한다. 이 세상에는 여전히 우리를 돕는 행복의 손길이 있고, 배려와 나눔이 있지 않으냐. 우리가 잘못된 것에 마음을 두지 않고 쉽게 낙심하지 않는다면 결코 그보다 멀어지지는 않을 것이다.

　너도 알다시피, 나는 주말이 되면 은사님을 찾아뵙는다. 그분들에게는 무엇인가 베푸는 마음의 선물이 있다. 흔히 베푼다고 하면 물질만을 생각하기 때문에 부담을 갖는 경우가 많지만 꼭 그렇지만도 않다. 우리는 한 주간 읽고 배운 것을 함께 공유하며 논의한다. 점심시간이 되면 각자 점심 값을 내고 식사를 한다. 그렇게 한 지 10년이 지났는데 아직도 주말이 기다려진다. 후배학자를 먼저 생각하고 배려하는 마음이 한평생 행복하게 살아가는데 나의 좋은 버팀목이 되지 않을까 생각한다.

아들아! 너에게는 잔소리가 되었구나. 내가 너에게 행복의 주소에 담장과 배려를 이야기하지 않아도 너는 안다. 내가 너의 담장을 많이 넘나들었지 않았느냐. 내가 윤활유를 좀 더 쳐야겠지. 얼마 전 한국을 다녀갔지만, 몹시 보고 싶구나. 오랜만에 너와 단둘이 소통하며 지냈던 시간이 행복하구나. 행복하고 사랑한다는 말은 없었지만 배웅하며 볼을 맞대고 가슴에 품었던 따스함이 오래도록 느껴지는구나. 함께 있는 동안 긍정적인 바이러스를 살포하는 모습에 행복했구나.

아들아! 부부간에도 사랑의 상상력과 배려가 있어야 행복해진다고 생각한다. 훗날 반려자를 만나면 행복의 상상력을 만들어 아름다운 가정을 만들어가기 바란다. 그것이 한평생 행복하게 살아가는데 너의 좋은 버팀목이 되지 않을까 생각한다.

아들아, 인생은 품앗이란다

박종훈

고려대 의과대학 교수

얼마 전에 인터넷에서 본 아버지와 아들이라는 제목의 글을 본 적이 있단다. 삽화가 들어 있는 글이었는데 가슴이 찡하더구나. 어린아이 때 아버지가 운전하는 차의 뒷자리에 앉아서 아버지의 운전하는 모습을 보다가 조금 더 크면 조수석에 앉게 되고 세월이 더 흐르면 아버지를 조수석에 태우고 그러다가 언제부터는 아버지는 뒷좌석에 어릴 적 아이가 앉던 자리에 앉는다는 거야. 그리고 오랜 세월이 흐른 뒤 문득 뒷좌석을 보면 아버지는 그 자리에 계시지 않고….

아들아! 나도 아버지와 사이가 썩 좋지는 않았단다. 당신 마음대로 하려고 하고 어머니께 야단만 치는 아버지를 늘 못마땅해 했었어.

그런데 말이다. 언제나 자신이 최고라고 큰소리치시던 그런 분이 어느 날 보니까 그저 힘없는 노인이 되어버렸더라고, 늘어진 피부와 굽고 휜 등을 보면서 나는 무척 가슴이 아팠단다.

세월이 더 흐르면 아버지를 조수석에 태우고 그러다가
언제부터는 아버지는 뒷좌석에 어릴 적 아이가 앉던
자리에 앉는다는 거야. 그리고 오랜 세월이 흐른 뒤
문득 뒷좌석을 보면 아버지는 그 자리에 계시지 않고….

네가 초등학교도 들어가기 전에 이런 일이 있었어. 너는 기억을 못 하겠지만. 아이들은 예나 지금이나 한증막이나 불가마에서 견디기 어려워해. 뜨거운 한증막에 들어가 있는 나를 혹시 놓칠까 봐 불안은 하고 그렇다고 곁에 있자니 뜨거워서 힘들고…, 계속 문을 열고 들락거리는 너에게 자꾸 그럴 거면 혼자 집에 가라고 했더니 네가 내게 뭐라고 했냐 하면 "아빠, 지금은 아빠가 저를 돌봐주시는 것이고 나중에 아빠가 늙으면 제가 돌봐주는 거예요" 라고 말이다. 어찌나 우습던지. 말은 그랬지만 설마 그런 날이 오리라고는 생각하지 못했는데 훌쩍 커버린 너를 보니까 문득 그 생각이 나는구나.

아빠에게 서운한 것 많을 거라고 생각해. 아마도 그렇겠지. 나와 할아버지가 그랬듯이 말이다. 그리고 또 너도 그런 상황을 맞게 될 거야. 그것이 아들과 아버지의 운명이란다.

희한한 것은 지금에 와서는 내가 할아버지에게 미안한 것이 갈수록 많아지고 있다는 거야. 분명 할아버지에게 서운한 것이 내가 훨씬 많았는데 말이지. 그것이 세상의 오묘한 이치가 아닐까 싶구나.

건강을 해치는 습관은 절대로 갖지 말고 늘 건강을 생각하면서 인생을 행복하게 살렴. 아버지가 네게 인생의 팁을 하나 준다면 늘 남을 배려하라는 이야기를 해 주고 싶구나. 언젠가

아버지는 너보다 일찍 세상에서 없어질 텐데 명심하고 성공한
인생 살아야 한단다. 알았지, 아들아!

지금 행복하다고 생각하니

이명희

공주대 교수

사랑하는 아들! 문과생이면서 컴퓨터공학을 복수 전공하느라고 여러 과목을 재수강하는 네 모습을 지켜보면서 나도 힘들었는데 너는 얼마나 힘들었겠니? 하지만 끝내 난관을 돌파하고 좀 긴 대학 생활을 마감하는 늦깎이 졸업을 정말 축하한다.

먼저, 사랑하는 내 아들은 자신이 행복 하다고 느끼고 있는지 궁금하구나. 이제 60을 바라보는 나이가 되니 나 뿐만 아니라 가족과 이웃들 그리고 자라나는 우리 사회의 아이들이 지금 행복하게 살고 있는지를 생각하게 되는구나.

어떤 사람들은 순간순간 맛보는 기쁨이나 즐거운 감정을 행복이라고 생각하겠지만, 다른 어떤 사람은 감정의 기복 없이 평상심이 유지될 때 행복하다고 생각할 수도 있겠지. 네 엄마처럼 특별하게 성취한 것이 없더라도 가족이나 가까운 사람들이 별 탈 없이 서로 아껴주며 잘 지내는 것을 행복으로 여길 수도 있을 거야.

아들아, 네가 어렵게 공부한 컴퓨터공학을 그저 일로서만
여기지 말고 네 행복과 함께 이웃과 사회의 행복을 위해
어떻게 활용할 것인지에 대해 고민해보길 바란다.

행복을 위해서는 실은 언제 닥칠지도 모를 불행으로부터 자신을 지키는 것도 소중하다고 생각해. 그리고 이를 위해서는 가족이나 다른 사람의 협력 내지는 사회적 도움을 꼭 필요로 한다는 것을 얘기하고 싶구나. 돌이켜보면, 네 행복했던 순간들도 결코 너의 혼자 노력으로서만 된 것이 아니고, 다른 사람의 도움이 있었다는 것을 발견하게 될 게다.

우리나라는 경제적으로 또 문화적으로 괄목할만한 발전을 이루었다. 하지만 자살하는 사람들도 많고, 불만을 가진 사람들이 넘쳐나는 것을 보면 행복하게 사는 사람들의 비율이 높지는 않은 것 같구나.

아버지는 행복이란 게 거창한 것이 아니라 일반적인 의식주의 문제와 교육 · 의료 · 문화 · 체육 등 일상적인 생활 서비스가 정상적으로 이루어지고, 그 과정에서 각자가 느끼는 만족감에서 오는 게 많다고 생각해. 국내는 물론 외국의 정보까지도 흘러넘치는데, 정작 일상생활을 받쳐주는 지역 정보가 없는 거야. 그 결과 그것을 실현할 수 있는 생활 주변의 정보와 수단이 없는 것이지.

사랑하는 아들아, 네가 어렵게 공부한 컴퓨터공학을 그저 일로서만 여기지 말고 네 행복과 함께 이웃과 사회의 행복을 위해 어떻게 활용할 것인지에 대해 고민해보길 바란다. 우리의 생활은 과거에 대가족이나 전통적인 공동체에 의존하던 것을 지금은 대부분 시장을 통해 해결하고 또 부분적으로는 정부에 의존해 가고 있지.

아들아, 시장이 온라인으로 연결되는 지역공동체 속에 있으면 어떻게 될까? 그러한 공동체 속에 있는 시장이라면 그 공동체 구성원들에게 친화적인 것으로 될 수 있지 않을까? 역으로 공동체 구성원들도 그 시장을 보호할 수 있지 않을까? 그래서 사람과 시장이 상호 친화적인 관계가 성립될 수 있다면, 우리가 시장에서 공급받는 의식주와 교육, 의료, 문화, 체육 등 일상적인 생활 서비스에 따스한 온기가 들어 있어 더 큰 만족감을 느낄 수 있지 않을까? 그래서 우리들의 행복지수가 좀 높아질 수 있지 않을까? 아버지는 우리의 행복을 위해 온라인에 의해 만들어지는 '디지털 지역공동체'를 꿈꾸어 본다.

나에게 아들이 있다면

안희동
아크홀딩스(주) 대표이사

나는 내년이면 만 육십이 된다. 하지만 여태 결혼을 안 한 독신이니 자식도 없다. 모시고 있던 아버지께서 몇 해 전 세상을 떠나시자 확실한 혼자이다. 그런 나는 아버지의 사진을 보며 '내게 하시고 싶은 말씀이 뭘까'를 생각해 보곤 하다가 '나에게 아들이 있다면…' 하고 가상(假想)의 아들에게 이 편지를 쓴다.

아들아! 너에게 맨 먼저 하고 싶은 말은, "너는 내 아들이지만 전 우주의 아들이면서 우주보다 더 큰 존재이고 귀한 존재"라는 거다. 이걸 굳게 믿고 태산 같은 자부심을 품고 살아가거라. 자신이 우주의 주인공임을 깨달은 사람에겐 역경도 훈련이고 고해(苦海)도 놀이터일 뿐이다. 성경이 말하는 "너는 하느님의 아들이다"라는 거나 불교에서 "네 속에 부처가 있다"라고 말하는 것도 그런 게 아닐까?

나를 이렇게 깨닫도록 키워 주시고 이제는 세상을 떠나신 네 할아버지, 할머니의 사진을 보며, 이것이 진리임을 믿기에 자신 있게 말한다. "인생은 축제다! 너는 당연히 네 축제를 즐겨라!" 동시에 네 이웃도 그런 존재다. 겸손하고 존중하고 화목해라. 그들과 어깨동무할 때 더 많은 것을 이루고 더불어 사는 기쁨이 배가 될 것이다. 하지만 이것을 깨닫지도 못하고 실천하지도 않는 사람들도 있다. 그런 이들도 사랑할 지혜와 방법을 구해라.

건강을 잘 챙기고 몸을 단련해라! 몸은 정신을 담은 그릇이다. 그러나 몸과 마음은 둘이 아닌 일체로서 너를 이룬다. 몸의 건강이 네가 인생을 즐길 수 있게, 네가 일하게, 이루게, 그렇게 인생을 누리게 한다.

여인을 만나 사랑하라. 당연히 아끼고 보호해라. 하지만 너무 믿지는 말아라. 다만 깨달음을 얻은 여인이라면 네겐 신(神)이 줄 수 있는 위로와 안식, 맑은 힘도 주는 동반자, 친구와 교사도 되어 줄 것이다. 그런 여인을 만나도록 기도한다.

이 세상의 권세, 명예, 돈 등 그 무엇에도 매이지 말고 휘둘리지 마라. 모든 것은 네 자유, 네 진정한 행복을 위해 존재할 뿐이다. 이기고 다스리고 누려라.

예술을 벗하고 자연은 변함없는 네 친구이니 자연을 즐겨

네가 우주보다 크고
귀한 존재임을 믿는 것,
이것이 네 인생의 모든 것이다.

라. 예술은 바로 우리 전 존재의 표현이자 더 크고 더 깊게 너 자신과 세상을 바라볼 수 있게 해 주니 늘 가까이해라.

그런데 예술이나 자연보다도 우리가 경(經)이라 이름 한 책들은 더욱 가까이 두고 반복해 읽고 묵상하고 실천해라. 불편하거나 힘들 때 진리로 돌아가라. 그러면 네 안에 답이 있고, 모든 힘이 있다고 다시 일깨워 줄 거야.

시대의 흐름을 보고 파악하는 노력이나 여러 분야의 독서와 지식도 너 자신과 세상을 보는 힘이다. 새로운 과학 기술도 헤아려 보고 받아들이되, 지혜는 그것을 넘어선 그 무엇이고 큰 힘이 있다는 것과 네 마음을 지키는 것이 더 어렵고 중요하다는 것을 항상 기억해라.

네가 맡은 사람들을 사랑하고 그들의 성장과 행복을 위해 네 온 마음과 네 모든 힘을 다해라. 하지만 그들을 포함하여 네 자식조차도 결코 네 소유물은 아니다. 성실한 관리자로서 최선을 다해라. 찬사에도 겸허하고 모든 것을 고려한 결정이었다면 비난에도 담담해라. 심지어는 너를 배반하는 사람이 나올 수 있음도 알고 담대히 대처하고 어떤 일도 어떤 사람도 두려워하지 마라.

그렇다! 네 미래도 지금 네가 만들고 있다는 걸 알고, 매사는 준비하되 앞날을 걱정하지 마라. 넌 네 미래의 창조자요 시

발자(始發者)다. 늘 대장부답게 굳세어라! 지혜롭고 용감해라! 그리고 넌 혼자가 아니다. 난 언제나 너와 함께 한다.

아들아, 사랑한다! 너를, 너와 함께 살아갈 세상 모든 이들을 축복한다! 이 땅의 모든 아들아, 사랑한다! 너희들을 축복한다!

딸 나이 이제 알았다

박근학
전) 포항mbc 사장

혜진아! 생일을 축하한다.

45년 전 1971년 6월 3일은 부산 구덕산 자락에 엷은 하얀 안개가 허리를 감싸고 있었다. 아침 햇살이 걷히고 초여름의 태양 열기가 타오르기 시작할 무렵, 오전 11시경 보수동 조산원에서 사랑하는 우리 딸이 이 세상에 태어났다고 고성을 외치던 날이었다.

처음 우리 딸을 보는 순간 아빠는 '내가 아빠가 되었구나' 하고 반갑게 너를 쳐다보는 기쁨은 잠시이고, 우선 '내가 우리 딸을 위해 무엇을 어떻게 해야 하나' 하고 반가우면서도 걱정이 앞섰단다.

다행히 너와 두 남동생 3남매가 건강하게 성장해줘서 늘 고맙게 생각한다. 너는 우리 집안의 맏이로서 어릴 때부터 신사임당의 형상을 보듯 흔들림 없이 바르게 자라 우리 가정의 빛이 되었다. 지금도 폭풍처럼 자랄 때의 모습이 눈에 선하구

나. 처음으로 지난날을 회상하며 딸에 대한 아빠의 마음을 글로 표현하려니 말의 순서가 엉키듯이 두서가 없구나.

혜진아! 해마다 6월이면 너의 생일날을 생각했지만 네 나이 46살인 줄이야 오늘에서 알았단다. 세월이 이렇게도 질풍노도 같이 흘러갔구나. '격세지감'이란 말은 이래서 두고 하는 말이구나. 너무 무심했구나. 이제 아빠도 늙어가나 보다.

네가 대학을 졸업하고 사회인으로 활동을 시작하자마자 시집을 가게 되었을 때 아무런 준비도 없이 덜렁 시집보내던 그날, 예식장에서부터 눈물이 앞을 가렸고 집에 와서도 네 방을 떠나지 못하고 펑펑 울었단다. 그 좋은 날에 왜 그렇게도 서운한지….

아마 모든 아빠의 마음이 다 같다 하더라도 아빠는 네가 태어나면서 25년간 애지중지 키웠기 때문에 시집보내는 것이 서운했었나 보다. 더욱이 나에게 힘과 용기가 되었고 이 세상 무엇을 준다 하더라도 바꿀 수 없을 정도로 부정(父情)이 남달랐나 보다.

혜진아! 이제 너에게 몇 마디 귀감이 될지 모르겠지만 엄마가 늘 하던 말이 있었다. 여자는 시집가서 그 집안을 번창하게 해야 엄마 아빠에게 효도하는 것이라고 입버릇처럼 하던 말을 늘 명심하기 바란다. 이제 네가 그 집안의 맏며느리로서 가문

혜진아! 해마다 6월이면 너의 생일날을
생각했지만 네 나이 46살인 줄이야
오늘에서 알았단다.

을 더욱 빛내도록 하거라. 아들 환이를 위해 7~8년 동안 뒷바라지한 결과로 원하던 대학교에 입학한 지도 벌써 2년, 이제 의젓한 대학생의 엄마가 되었으니 우리 딸이 대견하고 자랑스럽다.

혜진아! 생일을 축하한다는 첫 편지에 몇 자 적어보려 했는데 지난 이야기만 한듯하구나. 이제는 하고 싶은 취미 생활도 하고 더욱 화목한 가정을 일구어 가도록 하여라. 참, 늦은 감은 있지만 네가 좋아하는 그림 공부를 시작했다니 반가웠단다. 행복한 웃음꽃이 만발하기를 바라면서 이만 줄인다.

일본으로 시집간 딸에게

정순영
전) 국회정무위원회 수석전문위원

우란아! 네가 도쿄에 간 지 벌써 1년이 넘는구나. 지난 해 1월 말 결혼식을 마치고도 바로 양 서방과 함께 떠나지 못하고 이런 저런 준비를 하느라고 수개월을 지체하면서 현지 적응에 대하여 걱정했는데 이제 자리를 잡았다니 여간 다행히 아니구나.

사실 일본이란 나라는 네가 모르는 만큼 준비할 것도 생각할 것도 무척 많은 나라라는 것을 이제 적잖이 알게 되었을 것으로 본다. 지금까지 네가 알고 있는 수준이란 최근까지 독도가 자기 땅으로 우긴다든가 위안부 등 역사적 사실의 왜곡과 과거 제국주의 침략을 반성하지 않는 나쁜 나라 정도가 아닌가 한다.

어쨌든 일본은 옛날부터 우리로부터 문화적으로 은혜를 입은 나라이므로 우리가 아래로 본다거나 근세에 우리에게 행한 침탈에 더욱 미안해 하여야 한다는 엎드려 절 받기식 자세를 강요하는 그런 사이보다 서로 더욱 함께 가르치고 배워나가야 할 이웃 우방 국가임을 잊어서는 안 된다는 뜻이란다.

시간이 나면 옛 수도였던 교토에도 가 보거라. 거기 가면 일제 말 윤동주가 다닌 교토 한복판 도시샤(同志社)대학 교정에 세워져 있는 유명한 '향수'의 시인 정지용의 또 다른 시 압천(鴨川 1924)를 읽어 보렴. 거기에는 그의 제자인 조지훈과 박목월 등 청록파 시인들이 즐겨 쓰는 시어(詩語)들이 그 시비에 아주 명료하게 선작(先作)되어 있는 것을 보면 놀랄 것이다. 한국의 청록파 시인들의 근대적 인문시가 정지용의 일본 유학의 언저리에서 탄생한 것을 알 수 있지. 그뿐 아니라 근대시를 포함하여 거의 모든 분야에서 문화 선도국인 당시 일본으로부터의 영향을 받았던 거지. 비록 당시 제국주의 침략과 한일합방이라는 쓰라린 시기에 받아들여서 참으로 유감이지만 그런 열패감을 딛고 극복해야 우리가 제대로 일본을 안다고 할 수 있겠지. 그렇지 않으면 일본 구석구석에 산재해 있는 그 옛날 우리 한반도로부터 문명전수의 자긍심의 유적만큼이나 일제 근대화와 관련한 우리 자신의 괜한 콤플렉스 흔적만 찾을 것이란 생각을 뿌리치기 힘들단다.

일본이 우리 국토를 고려 말부터 야만적 침탈을 일삼았다는 사실은 숨길 수 없지만, 그것이 과거의 일이 아니고 미래에도 우리의 국력이 약해지면 언제든지 참담한 사건이 재발할 수

그 옛날 우리 한반도로부터 문명전수의 자긍심의 유적만
큼이나 일제근대화와 관련한 우리 자신의 괜한 콤플렉스
흔적만 찾을 것이란 생각을 뿌리치기 힘들단다.

있다는 것이지. 최근까지도 지속되고 있는 일본과의 여러 공적이고 사적인 갈등요인들과 마찰 현실이 특히 젊은 너희들의 역사관이나 세계관의 부족 상황에서 행여 어떤 고민을 낳을까 걱정이 되어 이런 편지를 적어 보는 거란다.

무엇보다 최근에 동북아 안보 질서가 북한의 핵무기 개발과 미사일 도발시험과 함께 전쟁의 위기가 유례없이 커지고 있어서 우리는 지금 맹방인 미국과 함께 일본과 자유민주주의 정치체제를 공유하는 현실을 더욱 분명히 인식할 필요가 있단다. 물론 현재 절체절명의 안보를 위해서도 일본이 소중한 이웃이 될 수밖에 없는 현실에서도 그러하지만, 우리가 배워야 할 것은 인구절벽을 겪으면서 최근 20년 경제적 침체위기를 극복하고 대처해 나가는 일본을 타산지석으로 해야 하는 이유는 참으로 많단다. 이 점을 모르면 제1회 화학상을 포함하여 노벨상 수상자 수십 명을 배출한 이 나라의 참모습을 모르고 미움과 갈등의 대상으로만 보면 대(大)를 잃고 소(小)에 집착하는 결과가 되겠지.

얼마 전 독일의 전 총리 슈뢰더가 위안부 할머니 '나눔의 집'을 방문하는 자리에서 일본이 독일과 비교하면 전쟁 책임에 대한 참회의 의식과 노력이 부족한 것은 전후 후손에게 전쟁과 평화에 대한 교육을 충실히 하지 못했기 때문일 거라고 얘기하더군. 아빠가 보기에 우리 젊은 세대의 통일에 대한 무관심만큼 일본의 신세대가 과연 그들 선배가 과거에 저지른 전쟁 역사를 기억이나 할까 싶은 생각이 들고 관심도 없는 그들에게 차근차근 역사교육을 어떻게 해야 하는지 좀 더 근본적인 접근방법이 필요하지 않나 하는 생각이 들었단다.

요즘 이 아빠는 책을 쓴다고 적지 않은 책을 읽고 사색을 계속해 오고 있지만 정말 나라와 나라 간의 관계는 개인과 개인 간의 관계보다 확실히 질과 양에서 복잡하고 어렵고 매우 역사적이란 생각이 들더구나. 역사적이란 의미는 시간에 맡길 것은 맡겨야 한다는 뜻이지.

어쨌든 너희들 이번 여름에 특히 무더위에 고생이 많았지만 잘 버텼다니 다행이구나. 그리고 일본어 실력이 생각보다 늘지 않고 있다니 너무 초조하게 생각하지 말거라. 외국어 역시 시간이 해결해 주는 것이지. 미국 유학생 남편이 휴일 아침 곤한 잠에서 들려오는 유창한 현지어 여성의 목소리에 옆집 여성인 줄 알고 일어나 보니 우체부와 대화를 나누는 새댁이었다는 얘기는 유명한 일화이지. 집에서 무료하여 채널을 바꿔 가며 현지어 대화를 열심히 청강한 탓에 남편보다 더 빨리 귀와 입이 트였다는 얘기란다. 일본어 방송을 열심히 보는 것도 좋은 방법이니 참고하거라.

이제 겨울이 되었는데 일본의 가옥은 어디든지 온돌이 없는 구조이니 감기 조심하길 바란다. 누가 한국 토종꿀이 거기서도 인기라고 하던데 구해지면 보내주마. 사랑한다.

교토의 꿈

김홍기
(사)광화문포럼 사무총장

세월은 유수와 같이 흐르고, 쏘아놓은 화살처럼 빠르게 지나 어느덧 利貞이가 정든 집과 부모님 곁을 떠난지 1년여의 시간이 흘렀구나.

스스로 선택하여 일본 교토로 유학을 떠난다고 유별나게 야단법석을 떨고 인천공항에서 친구들과 이별하며 눈물 흘리던 일이 엊그제 같은데, 시간은 소리도 없이 왜 이리 빠른지 모르겠구나.

사랑하는 利貞아!

우리나라에 천년고도 경주가 있다면 일본에는 교토가 있다고 한다. 교토는 794년 간무 천황이 도읍지로 정한 이래 천년이 넘도록 일본의 정치 경제 문화의 중심지였으며, 도시 전체가 유물로 가득 차 있는 박물관이라 할 정도로 유구한 세월의 흐름을 엿볼 수 있다고 한다. 또한 문화재가 많아 유네스코 세계문화유산으로 지정된 금각사를 비롯하여 도쿠가와 이에야

스 가문의 상징인 니조성, 청수사 등이 있으며 이러한 전통적 도시에 자유로운 학풍을 건학정신으로 세계 제일이 아닌, 세계 유일을 추구하며 아시아 최대 노벨상 수상국가인 일본을 교토대학이 선도하고 있다고 한다. 이러한 교토대학에서 利貞이는 우리집 가훈인 신독정신(愼獨精神)으로 일상생활을 해온만큼 잘 적응하리라 생각한다.

이제 자아실현(自我實現)으로 교토에서의 꿈과 소망을 위해 실력향상을 위한 학문탐구에 정진해야 할 때이며 자기인생 자신이 책임지는 중요한 유학생활이 아닐까 한다. 사람 누구나 인생을 사노라면 어렵고 힘든 고비를 부딪치는 것이 인지상정이지만, 어떻게 지혜롭고 슬기롭게 극복하느냐에 따라서 즐거운 인생의 삶과 행복한 삶이 될 것이다.

거기에는 끊임없는 노력과 열정으로 신념과 끈기를 가지고 자신을 이겨야지만 비로소 달콤한 초코렛과 박수갈채를 받는 것이 아닐까 한다.

생활비도 아낄 때는 아끼고, 쓸 곳이 있으면 과감히 쓸 수 있는 판단력과 결단력이 있어야 하고, 자신을 제어할 수 있는 아름다운 절제의 미덕도 갖추어야 한다.

교토에서의 유학생활이 자신이 아니면 누구도 대신할 수 없는 무한 책임이 자신에게 있다는 사실을 직시하고 신독정신

자신과의 외로운 싸움에서 인내하고 극복하여, 마치
알프스산맥을 넘어온 불굴의 나폴레옹처럼 너는
당당하게 성공하는 사람이 되어야 한다.

(愼獨精神)에 입각하여 조금도 생각과 마음이 흐트러져서는 아니 된다.

오로지 利貞이가 선택한 교토대학 합격할 당시의 처음 생각으로 이루고자 하는 목표, 해야겠다는 각오, 마음먹은 결심을 실천하여 우리 가족의 희망이요, 기대주로써 아니 자랑스러운 한국인으로 우뚝 서는 그날까지 전진(前進)과 정진(精進)하여 주기를 바랄뿐이다.

청춘의 꿈과 희망을 가득히 머금은 나이 만큼의 자리에서 세월의 열정을 쏟은만큼 일본의 천년고도 교토대학에서 지금 현재 '나는 누구인가? 내가 무엇을 해야 하는가'를 자문하며 끊임없이 자아개발에 힘써야 한다. 가정과 사회와 국가에 이바지하는 큰 인물, 큰 사람으로 큰 일을 하며 살아 가겠노라고 원대한 꿈을 가슴에 아로 새기는 시대적 역사적 소명을 다하길 바라마지 않는다.

이 세상에서 利貞이를 제일 사랑하는 딸바보 아빠 씀

금쪽같은 내 딸 경하에게

전인숙
(주)MJ스포츠 대표

경하야, 아무리 불러도 싫지 않은 그 이름 조경하!

그러니까 벌써 20년도 훨씬 넘은 세월이 지났네, 그때 엄마는 아름다운 항구 도시 여수(麗水)에 있는 고등학교에서 수학 교사로서 열심히 후학을 가르치던 시절이었지. 교육에 대한 열정을 펼치면서 학생들과 함께 하는 생활이 무척 보람이 있었어.

이 무렵에 너를 임신했는데 세상에 모든 것을 다 가진 듯, 하늘을 날아갈듯이 즐겁고 행복한 하루하루였다. 그런데 이게 웬일인지 아직 출산이 2~3개월 남은 것으로 알고 있었는데 갑자기 산통이 시작되어, 급히 119를 불러 병원에 갔다. 지방 병원에서는 어찌 할 수 없다고 하여 단걸음에 서울 큰 병원에 도착하여 겨우 응급 수술을 하여 너를 인큐베이터에서 볼 수 있었단다.

주위의 만류에도 불구하고 학교에 사직서를 제출하고 교사직에서 물러났다. 이는 오직 일찍 태어난 우리 딸의 건강을 세심하게 돌보면서 잘 키우기 위함이었어. 얼마 후에 무남독녀인 너를 데리고 우리 가족은 서울로 이사를 왔지. 갑자기 서울 생활을 하게 된 우리 가족은 생활비와 너의 병원비를 벌기 위하여 이 엄마는 밤낮으로 닥치는 대로 생활전선에 뛰어들었단다.

식당 종업원, 장사, 아르바이트, 보험설계사, 백화점 점원 등등 그 고생과 고충을 어떻게 글로 표현할 수 있겠니? 그러던 중 행운이 찾아 왔어. 어떤 사장님께서 엄마의 장사 수완을 보시고 백화점 입주 점포를 기꺼이 맡겨 주셨지. 열심히 밤낮 가리지 않고 노력한 결과 대박이 났었구나. 나는 독립을 하였으며 지금은 매장 서너 개를 운영하는 큰 사업체가 되었단다. 나는 최선을 다하면 반드시 기회가 오며, 그 기회에서 더욱 열심히 하면 아름답고 보람찬 열매를 맺는다는 것을 절실하게 체험했단다.

이와 같은 행운은 이 세상에서 누구보다도 사랑하는 딸인 네가 있었기에 가능한 일이었어. 너를 위한 절박함이 엄마에게 최선을 다하도록 채찍질을 한 것이었어. 행운과 복을 가져다준 우리 딸에게 언제나 감사하고 고맙단다. 네가 있었기에 오늘에 엄마가 있었단다. 다행히도 너는 서서히 건강을 회복하여 학교생활을 잘 해왔구나. 호주에 있는 명문 대학까지 나

최선을 다하면 반드시 기회가 오며, 그 기회에서
더욱 열심히 하면 아름답고 보람찬 열매를
맺는다는 것을 절실하게 체험했단다.

오게 되었으니 이 얼마나 축하하고 고마운 일이냐. 딸아, 고맙다, 지난 일들이 꿈결 같구나! 날마다 감사의 기도를 드리고 있단다.

　이제 너도 성년이 되었으니 결혼하여 행복한 삶을 살길 바랄 뿐이다.

　언제나 예쁘고 고운 금쪽같은 우리 딸! 행복해야 한다. 영원히 사랑한다.

아비가 잔소리 몇 자 적는다

김광룡
전) 둔촌고 교장

집을 팔고 나서 새로 집을 장만하지 못한 채 집값은 자꾸 오르기만 하니 이러다 전세살이로 전전하는 게 아니냐고 마음이 조마조마한 것 안다. 치솟는 집값이야 어쩔 수 없지만, 아이들이 잘 자라고 있으니 다행이다. 물질이야 더 있으면 좋지만 있는 대로 살아가는 것이 세상살이란다. 돈이 많다고 행복한 것도 아니요 적다고 불행한 것도 아니라 마음먹기에 달린 것이 행복이란다. 인생사는 '새옹지마(塞翁之馬)' 다.

손주들이 자라는 모습을 보는 것도 즐겁구나. 해가 갈수록 커가면서 언어가 세련되고 의젓해지며 성숙하어 가는 모습에 자랑스럽기까지 하구나. 손주들 잘 키워라. 자기들이 하고 싶어 하는 공부, 하고자 하는 일을 하도록 도와주는 게 부모란다. 부모의 욕심에 아이를 망치는 일도 있단다. 자녀가 하고자 한다면 최선을 다해 도와주고, 즐기면서 공부하며 창의적으로 살게 도와주는 게 부모 역할이다.

돈이 많다고 행복한 것도 아니요 적다고 불행한 것도 아니라 마음먹기에 달린 것이 행복이란다. 인생사는 '새옹지마(塞翁之馬)'다.

못다한 공감편지

인생은 목표한 바가 있어야 하고 그 꿈을 이루기 위해 노력도 필요하다. 꿈이 없는 사람은 목표 없이 떠도는 나룻배와 같다. 살아가는 목표와 꿈을 정하고 그 꿈을 차근차근 실현하며 보람을 찾는 삶이 중요하다. 꿈은 너무 크지 않으면서도 보람을 찾을 수 있어야하고 생활을 즐기면서 목표를 향해 조금씩 전진하는 삶이 필요하단다.

앞으로의 시대는 인성이 아주 중요한 시대가 온다. 세상을 긍정적으로 살아라. 그래야 모든 게 편안하고 조급한 마음도 없어진다.

그리고 세상을 즐기면서 살기 바란다. 아빠 세대는 한국전쟁 후 민생고에 시달리며 먹고사는 게 급선무였고 집 장만하며 자녀 교육하는 게 최고라고 생각하며 살았단다. 이제는 너희들의 세대가 되었구나.

현대 사회는 모계사회로 돌아가고 있다는 생각이 든다. 남편을 존중하며 살기 바란다. 남편을 존중해 주어야 직장에서나 사회생활에서 기가 살아야 일도 잘 할 수 있다. 남편이 잘되는 집안은 그만한 현모양처가 있어서이고, 자식이 잘되는 집안에는 엄마의 가정교육이 힘이 되어 나타난 것이라고 본다.

주말에 영상통화로 보았건만 오늘도 손주들이 보고 싶다.

보고 또 보아도 보고 싶은 사람이 손주들이고 가족이구나. 오늘도 너희를 위해 기도하며 하루를 지낸다.

아빠가 썼다, 사랑한다, 딸아.

못다한 공감편지

화첩을 꺼내보면서

—

천두영
(주)인산가 사장

사랑하는 딸 소연에게!

먼저 결혼을 코앞에 둔 너에게 편지를 쓰기 전에 아빠가 보관하고 있는 너의 어릴 적 사진앨범과 화첩을 보면서 네가 태어나면서부터 지금까지 한 편의 드라마처럼 회상이 되는구나. 꼭 35년 전 6월 네가 세상에 태어났을 때를 지금 생각해보니 아빠가 철이 없어서 너를 예뻐할 줄도 사랑하는 방법도 몰랐던 것 같다.

열악한 환경 속에서도 너는 예쁘게도 잘 자라주었다. 모든 면에서 모범생인 너는 노래와 춤을 좋아했고 책을 가까이했으며 이해심이 많은 그런 사랑스러운 딸이었다. 그런 네가 2005년 졸업과 동시에 산업공학 명문인 미국 조지아 공대 석·박사과정을 마쳤고, 지금은 워싱턴 D.C.에 있는 조지타운대학교 교수가 되었구나.

그 과정에서 아무것도 해준 게 없는 아빠로서는 너에게 "미

사랑은 서로의 눈을 응시하는 것이 아니라, 같은 방향을
함께 바라보는 것 너희들이 참된 사랑으로 건강하고
행복한 삶을 살기를 아빠는 진심으로 바란다.

못다한 공감편지

안하다, 고맙다, 사랑한다" 라는 말밖에 할 말이 없구나.

건강은 행복한 삶을 살기 위한 가장 기본이 되는 조건이다. 육체적 건강은 물론이고, 정신적 건강도 중요하다. 그러기 위해서는 '올바른 섭생(攝生), 적당한 운동(運動), 충분한 휴식(休息)'이 필요하다.

부부간의 사랑은 가정의 평화를 가져오는 핵심요소이다. 아끼고 사랑하는 사람과의 관계는 우리가 인간으로서 얼마나 잘 살아가고 있는가를 진단할 수 있는 척도이기도 하다. 자신의 삶을 자기 방식대로 살 수 있는 충분한 수단을 갖고 있느냐의 문제이다.

우리는 '행복한 삶을 살기 위해' 태어났다. 행복하기 위해서는 무엇보다 '마음의 평화'가 중요하다. 마음의 평화는 가치관과 신념에 일치되는 삶이 균형을 유지할 때 마음의 풍요로움을 느낄 수 있기 때문이다.

사랑하는 딸 소연아!

아빠는 늘 그래왔듯이 너의 선택을 존중하고 너에 대한 무한한 신뢰 또한 변함이 없다. 너와 백년해로할 Dan도 심성이 좋고 훌륭한 젊은이라고 생각한다. 너와 Dan이 인생의 참된 동반자가 되기 위해서는 삶에 대한 가치관을 공유하고 서로를 배려하고 존중하며 사랑하는 마음가짐을 먼저 가져야 한다.

사랑은 서로의 눈을 응시하는 것이 아니라, 같은 방향을 함께 바라보는 것이다. 너희들이 참된 사랑으로 건강하고 행복한 삶을 살기를 아빠는 진심으로 바란다. 사랑한다.

손자 선재와 선우에게

송희연
전) KDI 원장

지혜로운 사람들은 "매일 매일이 특별한 날(Everyday is special day)이다"라는 생각으로 하루를 감사한 마음으로 살아간다고 한다. 오늘은 할아버지가 너희에게 편지를 쓰게 되는 아주 특별한 날(very special day)이 되는 것 같구나.

선재는 벌써 고등학교 1학년이 되어 너의 미래를 설계하고 이를 실천하기 위해 정진해야 할 나이가 되었구나. 선우는 중학교 1학년이 되었으니 스스로 마음을 가다듬고 더 깊은 생각을 한 연후에 행동해야 하는 나이가 되어가고 있는 것 같구나. 지금 너희는 지극히 사랑하고 아끼는 너희 아빠와 엄마의 정성스러운 보살핌을 받고 자라고 있다. 그러나 어린 새가 자라면 둥지를 떠나듯이 너희도 부모의 품을 떠나야 할 때가 머지않아 다가오게 될 것이다.

선재는 항상 용감하고 적극적이고 분명한 언어로 뚜렷하게 말하면서 씩씩하게 살아가기를 할아버지는 간절히 바라고 있다. 선우는 할아버지가 항상 인내심을 가지고 책상 앞에 한 번 앉으면 공부에 집중할 것을 간절히 바라고 있다. 할아버지와 할머니는 말을 배우기 시작할 때부터 "너희는 성장하여 훌륭한 사람[人材]이 되어야 한다"고 가르쳤다.

너희 엄마도 어렸을 때부터 "항상 건강하고 엄마·아빠 말씀 잘 듣고 공부 열심히 하여 훌륭한 사람 될 거지"라고 말하면 너희 엄마는 어김없이 "예"라고 답하곤 했다. 일반적으로 자식들이 부모님들에게 "학교에 다녀오겠습니다"라고 인사드리면 부모님들은 언제나 틀림없이 간절한 마음으로 정성스럽게 "그래 차 조심하고 잘 다녀오너라"라고 대답한다.

이러한 부모와 자식 간의 간절한 대화는 우주의 에너지가 함께하는 값진 순간이며 이러한 순간들이 매일 매일 쌓여서 훌륭한 사람이 만들어지는 것이 아닐까?

할아버지와 할머니는 너희 아빠와 엄마가 대견하고 고맙다고 생각한다. 더욱 감사한 일은 너희 형제가 건강하고 씩씩하게 공부 잘 하고 예의 바른 청소년으로 성장할 수 있도록 깊은 사랑과 엄격한 훈육으로 기르고 있기 때문이다.

그러면 훌륭한 사람[人材]이란 과연 어떠한 사람을 의미하는 것일까? 아마도 스스로 몸과 마음을 갈고 닦아 현재 하는 일을 통하여 모든 사람을 이롭게 하는 사람이 곧 훌륭한 사람

어린 새가 자라면 둥지를 떠나듯이 너희도 부모의
품을 떠나야 할 때가 머지않아 다가오게 될 것이
다.

이다. 아마도 우리 민족의 영원한 스승이자 지도자이신 단군왕검께서 제시하신 '홍익인간' 정신을 생활 속에서 실천하는 일이야말로 훌륭한 사람이 되기 위한 지름길이라고 생각한다.

앞으로 세계화와 제4차 산업혁명 시대가 더욱 확대되고 심화 될수록 '홍익인간'의 정신은 세계화의 가장 훌륭한 기준이 될 것이다. 우리나라는 다가오는 세계화와 급변하는 시대에 글로벌 지도자의 역할을 충분히 해낼 수 있게 될 것이다.

너희 두 형제가 서로 아끼고 배려하고 사랑하면서 인류에게 공헌하는 훌륭한 동량이 되기를 간절히 기도한다. 스티브 잡스는 "우리 목표는 세계 최고의 기기들을 만드는 것이지, 가장 큰 회사를 만드는 것이 아니다"라는 신념의 글을 남겼다고 한다.

사랑한다, 내 손자님들!

조국찬가를 부르는 쌍둥이

이종천
전) 기업인

사랑하는 2번 3번 손자들에게,

친가(親家) 쪽은 물론이고 너희들의 외가(外家) 쪽에도 예가 없다는 일란성쌍생아(一卵性雙生兒)로 너희가 태어났을 때, 애미는 난감해했지만 할애비는 무척 기뻤단다. 자라면서 더욱 예뻐졌을 때는 사람이 이다지도 아름다울 수 있구나, 너희가 대단한 효도를 한다는 생각도 했다. 특히 입과 발가락이 어찌 그리도 앙증맞고 예쁘던지….

유치원에 다닐 때는 이따금 할애비 집에 올 때마다 서재에 들어서기 무섭게 태극기에 경례하고 애국가를 함께 불렀다. 이어서 "조국찬가"를 불렀다.

> 동방의 아름다운 대한민국 나의 조국
> 반만년 역사 위에 찬란하다 우리 문화
> 오곡백과 풍성한 금수강산 옥토낙원
> 완전 통일 이루어 영원한 자유 평화

시야를 넓혀 세계인(世界人)의 관점에서 문제를 보고
해결책을 생각해야 한다. 너희들의 활동무대가
한국만이 아니고 전 세계란다.

태극기 휘날리며 벅차게 노래 불러
자유대한 나의 조국 길이 빛내리라

그 무렵 나의 동창회에서 야유회를 한 적이 있었다. 쌍둥이 손자가 왔다고 사회자가 지명하여 노래를 하게 했다. 조그만 입을 크게 벌리고 목청껏 조국찬가를 불렀다. 오곡백과가 무엇인지 옥토낙원이 어디인지 알 리 없지만, 신나게 노래 부르는 입 모양이 대단히 예쁘다고 생각했다.

십여 년의 세월이 흘러 고등학생이 된 너희들이 이제는 멋쩍어 하면서 조국찬가를 부르지만, 할애비가 너희와 함께 애국가와 조국찬가 부르기를 좋아한다는 것을 이해하고 함께하는 너희들이 나는 자랑스럽다. 앞으로도 내가 너희들을 더욱 자랑스러워하도록 너희가 유념(留念)해야 할 일이 있다.

사람은 누구든지 언제나 지금 당장(here and now) 하고 있는 직무에 충실(充實)하고 최선(最善)을 다해야 한다. 지금은 학생이니까 학업에 전력을 집중해야 한다. 전에 회사를 운영할 때 나는 학교성적이 좋은 사람을 직원으로 채용하곤 했다. 성적이 좋지 않은 사람은 실수를 계속하는 경우가 많은데, 학교에서 열심히 공부하여 성적이 좋은 사람은 실수하더라도 빨리 고치고 업무의 성과도 높이더라.

시야를 넓혀 세계인(世界人)의 관점에서 문제를 보고 해결책을 생각해야 한다. 너희들의 활동무대가 한국만이 아니고 전 세계라는 점을 명심하여라.

따뜻한 마음을 가지고 다른 사람들을 배려(配慮)해야 한다. 언제나 주위를 살펴보면서 불편하거나 도움을 필요로 하는 사람은 없는지, 눈여겨보아야 한다. 때로는 눈앞에 없는 사람도 가늠해 보고 이해해야 한다.

지혜(智慧)로운 사람이 되어 슬기로운 해결책을 모색해야 한다. 너 자신과 네가 속한 조직의 경쟁력을 향상하고 유지하는 방법이다. 꾸준한 독서와 끊임없는 사색이 필요하다.

중요한 일을 위하여는 장시간의 집중적인 노력과 근무가 필요할 수 있다. 거친 환경에서도 쪽잠을 자고, 조악한 음식을 먹을 수 있어야한다. 건강(健康)이 중요한 이유이다. 틈나는 대로 운동을 하고 체력의 기초를 다져야 한다.

매사에 열심이어서 대한민국에 기여하고 더 나아가 인류에도 공헌하는 사람으로 성장하기 바란다.

그렇게 믿는다. 사랑한다.

아름다운 바보

배영기
숭의여대 명예교수

민서야! 오늘은 유난히 네가 보고 싶은 마음이 자꾸만 솟구치는구나. 열세 살의 어린 나이에 혈혈단신으로 이역만리 프랑스로 유학을 떠난 지 만 2년이 되었다. 세계 여러 나라의 학생들이 와서 공부하는 중학교에 입학하여 적응하는 과정이 얼마나 견디기 어려웠을까! 그 고통을 이겨내기 위해 할머니에게 전화를 걸어 얼마나 많이 울고 또 울었던가, 할머니도 너의 외로운 마음을 달래느라 많이도 울었단다. 엄마 아빠를 대신하여 할머니가 새벽까지 2~3시간씩 힐링폰을 하고 나면 밤잠을 설치기가 얼마나 많은 나날이었던가.

그래도 할머니는 민서가 영어와 중국어를 다른 학생들보다 월등히 잘 한다고 인정받아 2학년으로 월반하였다는 기쁜 소식에 춤추고 싶을 정도로 힘이 솟아난다면서 싱글벙글 자랑하는 말을 들을 때면 할아버지도 덩달아 온종일 기분이 좋아 발걸음이 가벼워지더라.

할아버지는 연금을 받아 극도로 절약하면서 생활한 후에 민서 학자금을 보내는 일이 가장 보람 있고 즐거운 일 중에 하나로 여기며 산다. 돈을 이렇게 기분 좋고 자랑스럽게 써 본 일은 내 생애 처음이다.

민서야! 돌이켜보면 할아버지도 60여 년 전 네 나이 때 경북 영덕군 지품면 오천동에서 열한 살 위인 형님의 손목을 잡고 서울로 왔단다. 어매(어머니의 사투리)가 그리워 밤낮으로 남쪽 하늘을 쳐다보면서 남몰래 울기도 무척 울었단다. 유난히 둥근 달이 뜨는 밤이면 더욱 그리움에 못 견디어 몸부림치며 울었단다. 지금의 민서 심정을 할아버지는 이해하고도 남는다.

그때 나는 자취방 벽에 '인내는 쓰다, 그러나 그 열매는 달다'고 써 붙여 놓았다. 그리고 스무 살 즈음에, 책 속에서 '아름다운 바보가 되자'를 읽었단다. 그게 내 삶의 지표로 생각하는 계기가 되었다. 오늘 내 삶의 뿌리도 이 지표에 두었기에 이만큼 아름다우면서 행복한 삶을 꾸리게 되었다. 내가 존경하는 함석헌 선생님의 아호도 '바보새'였고, 김수환 추기경님의 아호도 '바보'로 자화상에 그려놓으시고 선종하시었다.

민서야, 이번 방학에 한국에 와서 실컷 즐겁게 놀다가 프랑스로 가야 할 터인데 엄마가 국립춘천병원에 입원한 모습을

어매가 그리워 밤낮으로 남쪽 하늘을 쳐다보면서 남몰래
울기도 무척 울었단다.

보고 네가 훌쩍이는 심정을 헤아려 할아버지, 할머니, 이모도 함께 눈시울을 적셨다.

민서야 이번 학기부터는 보르도(Bordeaux)로 다시 옮겨 200년의 역사를 자랑하는 유서 깊은 명문 몽테뉴(Montaigne) 고등학교에서 공부한다니 대견스럽기만 하구나. 몽테뉴는 세계문학 전집에 〈수상록〉이 번역되어 널리 알려진 사상가임을 알고 있다. 잘 적응하고 견디어 영광과 희망의 등대가 되어주길 진심으로 빌고 또 빈다.

돌아가신 할아버지로부터의 편지

박휘락
국민대 정치대학원 원장

안민아, 내 손자야!

할아버지다. 죽은 할아버지가 갑자기 편지해서 놀라지 않았느냐? 그런데도 내가 편지를 쓰는 이유는 내가 미안하고 후회하는 마음이 크기 때문이다. 내가 잘못한 것에 대해 속죄하고, 네게 똑같은 잘못을 범하지 않도록 말해주기 위해서이다.

살았을 때 나는 너에게 예쁜 옷이나 맛있는 음식을 사줄 수 있다는 것을 가장 행복하게 생각했다. 너와 함께 식사하고, 너의 웃는 모습을 보는 것이 가장 행복했다. 지금도 너와 함께 보내던 시간, 너의 해맑은 웃음소리를 들으면서 흐뭇해하던 행복한 기억이 떠오른다.

실제로 나는 행복하게 눈을 감았다. 너의 아빠도 나름대로 성공하여 잘 지내고 있었고, 손자인 너도 좋은 직장에 취직한 상태였으니까. 네가 첫 월급으로 내 속옷을 사주었을 때 나는 이 세상에서 가장 행복한 할아버지라고 생각했다.

염치가 없지만 해야 할 말이 있다. 무엇보다 중요한 것은
안보다. 안보를 튼튼하게 해라. 국가라는 울타리가
튼해야 그 속에서 너도 행복할 수 있다.

죽어서 세상 돌아가는 일을 알 수 없었다면 나는 눈을 감을 때의 행복한 상태로 남아있을 수 있었다. 그러나 어떤 연유인지는 모르지만, 죽어서도 세상이 어떻게 돌아가는지를 다 알게 되었다.

북한이 연일 핵실험을 하고 미사일을 쏜다고 하는구나. 20개 가까운 핵무기를 개발했다고 하는구나. 수소폭탄까지 개발하였다고 한다.

북한의 핵 위협에 대하여 우리 군은 국민들을 보호할 수 있는 능력을 갖추고 있지 못하다. 핵무기 없이 핵무기 위협에 대응한다는 것 자체가 어렵고, 킬 체인과 탄도미사일 방어는 상당한 시간을 기다려야 한다는구나. 그리고 미국이 대신하여 보복하겠다고 하지만, 그것을 확신할 수 있는 사람은 없을 것 같다.

이러한 사태가 된 것은 모두 나를 비롯한 우리 세대들의 잘못이다. 북한의 핵무기 개발을 과소평가했고, 개발된 이후에도 설마 하는 생각으로 총력을 기울여 대비하지 못하였기 때문이다.

이스라엘의 사례가 생각난다. 이스라엘의 할아버지와 아버지들은 이라크가 핵무기를 개발할 목적으로 핵발전소를 건설하자 그것을 공군기로 파괴해 버렸다. 시리아에 대해서도 똑

같이 했다. 국제여론이 그들을 비난했지만, 그들은 개의치 않았다. 자식과 손자들을 핵 위협에서 살도록 할 수는 없다고 생각했기 때문이다. 그 결과 이스라엘은 아직 핵 위협에 직면하고 있지 않다. 이스라엘 선조들과 비교하면 나와 나의 세대들이 너무나 부끄럽고, 그래서 너에게 이처럼 불안한 사태를 물려준 것을 미안해하며 편지를 쓰고 있다.

사랑하는 안민아!

염치가 없지만 해야 할 말이 있다. 무엇보다 중요한 것은 안보다. 안보를 튼튼하게 해라. 국가라는 울타리가 튼튼해야 그 속에서 너도 행복할 수 있다.

많은 사람은 말한다. 행복해지려면 "지금 여기"에 충실해야 한다고. 현재 너의 행복을 조금 희생하여 안보를 튼튼하게 해야 한다. "지금 여기"와 함께 "나중 거기"도 생각해라. 일부는 'Worry' 함으로써 나와 너의 후손들이 'Be Happy' 하도록 만들어야 한다.

꽃도 때를 알아 피건만

이은식
한국인물사연구원 원장

사랑하는 손자에게 몇 자 적는다.

"한식(寒食)날 밤에 비가 오고 나더니 산과 들에는 봄빛이 어리었구나. 아무런 뜻이 없는 꽃과 벌들도 꽃필 때를 알고서 피었는데 어찌하여 임은 한번 떠나가시더니 다시는 돌아오지 않으시는가."

이 시조에 한식(寒食)이란 단어가 나온다. 한식이란 찬 음식을 뜻하는데, 한식 일은 기나긴 겨울 동지가 지난 지 105일째가 되고 청명(淸明)에 앞서기 2일 전의 날이다. 한식의 유래(由來)는 다음과 같은 중국 고사(古事)에 있다.

중국 춘추시대에 5패의 하나로 손꼽히던 진(晉)나라 문왕(文王)은 부왕의 총애를 받던 여희(驪姬)라는 여인이 있었다. 시기심이 많은 여희는 사사롭게는 서계모가 된다. 하지만 황제와 아들 태자를 이간시켜 살해하였으며 다음은 동생인 문공(文公)에게 해가 미치게 될 지경에 이르렀다.

올바른 역사의식을 갖고 때를 기다리며 열심히 노력하면
좋은 시절이 온다. 흔들리지 않고 피는 꽃은 없단다.

못다한 공감편지

문공은 목숨을 보전키 위해 충직한 부하 다섯을 데리고 국경을 벗어나 19년이나 유랑생활을 하였는데, 그 부하 다섯 가운데 개자추(介子推)라는 이가 있었다. 어느 때인가 그들은 굶주림을 못 이겨 쓰러지고야 말았다. 그때 개자추는 스스로 허벅살을 베어내어 문공에게 바치니, 문공은 이로써 아사를 면하게 되었다. 그 얼마 후 부왕이 하세하매 문공은 돌아가 왕위에 올랐고, 방랑 시절에 고난을 같이했던 신하들은 공을 서로 많이 차지하려고 혈안이 되었다. 다만 개자추만은 아무런 혜택을 원치 않았다.

개자추의 생각은 다른 신하와는 달랐다. 다만 신하가 태자와 왕을 모시고 충성하는 것은 너무나 당연할 뿐이지 공을 바라고 충성한 것은 아니라 했다. 개자추는 어머니를 모시고 멀리 산서성 현산으로 들어가 버린다.

이를 보고 개자추의 친지가 글을 지어 궁문(宮門) 앞에 붙여 놓았다. '한 마리의 영특한 용이 얼마 동안 거처를 잃고 다섯 마리의 뱀을 이끌고 천하를 헤매어 다녔노라. 어느 날 용이 굶주림에 쓰러지니, 그중 한 마리의 뱀이 자기의 허벅살을 베어 바쳐 죽음을 면케 하였노라. 이윽고 용은 자기의 거처인 깊은 못(궁궐) 속으로 돌아가 그곳에서 편히 쉬게 되었노라. 개자추만은 들어가 거처할 구멍을 못 얻어 산에서 울고 있도다.'

문공은 크게 뉘우치고 개자추를 찾게 하였으나, 깊은 산속으로 숨어버린 그를 찾을 길은 없었다. 이렇게 되매 문공은 개자추가 들어간 산에다 불을 지르면 나올 줄로 생각하고 산을 불태우게 하였다. 그러나 개자추는 끝내 산에서 늙은 노모와 함께 타죽고야 말았다. 문공은 그의 죽음을 애석하게 여긴 나머지 "불이 아니었으면."하면서 해마다 그날이 오면 백성들에게 명하여 화식(火食)을 금하고 찬 음식을 먹게 하였단다.

손자야! 이야기가 슬프지 않니? 그러나 세상사 양과 음이 있는 법, 그래도 충신, 열사의 역사는 면면히 이어져 내려온단다. 올바른 역사의식을 갖고 때를 기다리며 열심히 노력하면 좋은 시절이 온단다. 흔들리지 않고 피는 꽃은 없단다.

믿음직한 손자야, 사랑한다.

못다한 공감편지

고맙데이 친구야

홍순영
한성대 교수

애덤 그랜트는 〈주는 사람이 성공한다〉에서 베풂이 주는 행복한 삶에 관해 이야기하고 있습니다. 오늘 내 친구 자랑을 좀 하겠습니다.

내가 미국에서 유학을 마치고 귀국한 지 얼마 지나지 않은 어느 가을날, 친구 허당과 저녁을 하게 되었습니다. 허당(虛堂)은 친구가 스스로 지은 아호입니다. 즉 아무 소득 없이 헛수고하며 산다는 뜻이지요.

그때 허당은 "나는 장돌뱅이고 너는 학자다. 내가 사업 잘해서 평생 밥과 술을 살 터이니 너는 공부만 열심히 해라"고 했습니다. 나는 이 말을 농담 반 진담 반으로 들었습니다. 그런데 친구는 지금까지 이 말을 실천하고 있습니다.

친구는 45년 죽마고우입니다. 창녕이 고향이며 우리 집과 아래위라서 학교를 같이 다녔지요. 친구가 나를 각별하게 대하는 것은 어려운 가정형편임에도 대학을 졸업하였고, 35세라는

제3장 사랑이 있는 풍경   **223**

늦은 나이에 유학을 가서 마흔이 넘어서 학위를 받아 온 것에 대해 안타까움과 대견함이 작용해서 오는 것으로 생각합니다. 나의 변치 않는 학자적 순수함이 좋다고 늘 말을 합니다.

허당은 친구들과의 매주 산행을 20년 동안 이끌고 있습니다. 전국의 산을 오르는데 미리 음식, 숙소에 대해 알아보고 여기저기 사진을 찍어 주며, 잘 나온 사진은 액자에 넣어 줍니다. 부부동반 해외 산행을 할 때는 궂은일을 도맡아 합니다.

친구는 경영자로서 기업경영에도 베풂을 잃지 않습니다. IMF 위기 때 해고를 두려워하는 직원들을 보고 절대로 감원은 없다고 선언을 하고 오히려 보너스 200%를 지급하여 안심을 시켰습니다. 그랬더니 생산성과 매출이 크게 향상되어 코스닥에 상장하는 성과를 얻었지요. 허당은 조리사에게 회사 구내식당 메뉴를 최대한 풍성하고 맛있게 하여 직원이 밖에서 밥을 사 먹지 않게 하라고 당부를 합니다. 그는 근처의 누구라도 원하면 와서 식사하도록 하고 있습니다.

최근 내가 참으로 크나큰 베풂을 받았습니다. 왕십리 뉴타운은 소송에 따른 공사 지연과 미분양으로 조합원이 엄청난 손해를 입은 곳입니다. 나도 감당하기 어려운 대출 부담을 안고 입주했습니다. 마침 최근 저렴하게 분양하는 아파트가 있어 청약하여 당첨이 되었는데, 기존 담보대출액이 많아서 중

세상에 태어나 진정한 친구 한 사람만 있어도 행복하다고
하는데 이런 면에서 저는 행복한 사람입니다.

도금 대출받기가 어려운 상황에 직면했습니다. 친구는 전후 사정을 듣고 내 집을 사주고, 분양받은 아파트에 입주할 때까지 싼 전세로 살도록 해주어서 나의 어려움을 해결해 주었습니다. 두고두고 그 고마움을 가슴에 간직하면서 갚아야 할 우정입니다.

이해관계를 따지는 세상에서 조그마한 배려를 넘어 큰 베풂을 실천하기는 쉽지 않습니다. 세상에 태어나 진정한 친구 한 사람만 있어도 행복하다고 하는데 이런 면에서 나는 행복한 사람입니다.

보현보살행을 실천하는 친구! 고맙데이! 친구야!

제4장

위안이
있는 풍경

실의에 빠진 사람들에게

—

박재완
한반도선진화재단 이사장

어려움에 부닥쳐 쩔쩔매거나 실의에 빠진 분들에게 드리는 편지입니다.

결코, 자신감과 용기를 잃지 마십시오. 고통 없이 얻을 수 없습니다. 성공담보다 실패담이 더 진한 감동을 줍니다. "램프는 어둠 때문에, 나침반은 안개 때문에 만들어졌습니다."

역대 영국 총리 53명 가운데 12명은 생부를 모르거나 성인이 되기도 전에 일찍 아버지를 여의었습니다. 가깝게는 클린턴과 오바마 미국 대통령, 애플을 창업한 스티브 잡스도 그랬습니다. 고난을 '위장된 축복'으로 승화시키는 것은 오롯이 우리 의지에 달려 있습니다.

생후 19개월 만에 시각과 청력을 잃은 헬렌 컬러 여사가 말했습니다. "내일이면 시각장애인이 될 것처럼, 눈을 사용하십시오. 내일이면 귀머거리가 될 것처럼, 새소리와 오케스트라의 선율에 귀를 기울이십시오."라고 말입니다.

자신감과 용기를 잃지 마십시오. 고통 없이 얻을 수 없습니다.
성공담보다 실패담이 더 진한 감동을 줍니다.

얼마 전 SBS TV가 2010년 호주에서 일어난 기적을 방영했습니다. 몸무게가 900g밖에 안 된 미숙아가 출생 20분 만에 사망 선고를 받았습니다. 하지만 엄마가 아이를 품에 안고 작별 인사를 나누면서 2시간이 지나자 아기 심장이 다시 뛰기 시작했습니다. 이 아이는 지금 건강하게 잘 자라고 있습니다. 사망 선고를 받은 신생아가 엄마 품에서 살아난 사례는 8건이 넘는다고 합니다.

이보다 더 극적이면서 오랜 울림을 남긴 실화로[1] 편지를 마무리하겠습니다. 미국 테네시주 모리스 타운의 카렌은 세 살배기 아들 마이클과 함께 뱃속에 든 딸에게 매일 노래를 불러줬습니다. 안타깝게도 카렌은 분만 중 심각한 합병증을 겪었고, 신생아는 인근 성 마리아 병원에서 사망선고를 받았습니다. 카렌 부부는 장의사와 공동묘지에 연락까지 했습니다. 하지만 오빠인 마이클은 여동생을 보게 해 달라고 보챘습니다. "난 동생에게 노래를 불러주고 싶어요."라고 말이죠.

어린애는 중환자실 입장이 허용되지 않았지만, 카렌은 마이클에게 성인용 수술복을 입히고 중환자실로 데리고 갔습니다. 그 모습을 본 수간호사가 고함을 질렀습니다. "당장 데

---

1) 출처: 안홍철(2008), "찡한 이야기," ㈜머니투데이. (원전: Woman's Day Magazine)

리고 나가요." 평소 온순한 카렌이 수간호사를 노려보았습니다. "이 애가 동생에게 노래를 부를 때까지는 여기를 떠나지 않을 거예요."

티격태격하다가 드디어 마이클에게 기회가 왔습니다. 마이클이 노래를 부르기 시작하자, 놀랍게도 여동생의 맥박이 돌아오고 안정되기 시작했습니다. 바로 그다음 날 여동생은 퇴원해도 좋을 만큼 상태가 호전됐고 물론 되살아났습니다.

아무리 어려워도 끝까지 포기하지 마십시오. 여러분의 거룩한 여정에 신(神)의 가호와 가피(加被)가 늘 함께할 것입니다.

길을 묻는 나그네에게

전영돈
청년아카데미 원장

방황하는 친구에게 드립니다!

친구야, 나, 잘 난 채 한번 하겠네, 들어주려나!

인생의 긴 여정을 그것도 외줄기의 길을 외롭게 혼자 가는 것이 인생길이라네. 선택된 길은 바꿀 수도 없는 외길이지. 세월은 흘러가고 머물러 있는 것 같이 나도 그 자리에 있다네. 그래도 저녁노을처럼 술 익는 풍요와 흥을 만나기도 하면서 세월과 인생을 묵묵히 열심히 가고 있다네.

길이 있다는 것은 얼마나 행복하며 길은 연하여 있을 것인데 두려울 일이 없지 않은가. 길은 꿈을 향해 있으니까. 또 인생길은 늘 처음 대하는 길이지. 그래서 새롭고 흥미롭지. 인생은 서로 다르기 때문에 또는 남과 다른 길을 가기 때문에 즐겁고 행복하기도 하지.

새로움을 만나는 처음 가는 길은 두렵지. 길이 어디로 인도할 것 인가하는 호기심과 두려움이 겹치고 혹은 돌아갈 수 없

소매에 꽃물도 들이고 술 익는 마을을 지나면 벌겋게 흥에
취하기도 하면서 구름에 달 가듯이 고요히 흘러가면
되지요.

는 낭떠러지로 떨어지지 않을까 하는 두려움이 있지. 그러나 길은 연하여 있고 걸으려고 하는 사람에게는 늘 길이 있다네. 세상사의 어려움이 닥치더라도 헤쳐 나가려는 사람에게는 길이 있는 것이지.

사람들은 자기 길의 선택으로 다른 길에 대해 아쉬워하거나 선택한 길에서 행복하지 못할까 두려워하지. 남에게 길을 묻기도 하지. 그러나 걸어갈 길 또 선택하고 걸어온 길은 모두 매우 아름답고 행복한 길이지. 큰 소리가 고요를 알게 하는 것처럼 다른 길이 있으므로 내 길의 운명적 만남의 기쁨을 알게 한다네.

인생의 길은 죽음 이외에 정해진 것이 없을 뿐만 아니라 모자라는 것도 넘치는 것도 없다네. 걸으려는 자에게는 언제나 길이 있고 인생의 길은 꿈꾸는 자의 것이라네.

사람들이여!

그냥, 머무르고 싶다면 머무르고 힘든 고갯길이면 쉬었다 가세요. 소매에 꽃물도 들이고 술 익는 마을을 지나면 벌겋게 흥에 취하기도 하면서 구름에 달 가듯이 고요히 흘러가면 되지요.

아름다운 이 세상 열심히 살다가 아름다운 자연으로 돌아가세. 나그네는 행복하다네.

별스럽지도 않은 일상이

조주행
칼럼니스트

학형(學兄)께!

퇴임 교원들의 모임에서 오랜만에 선배님을 뵙게 되어 참으로 반가웠습니다. 건강하고 행복해하신 모습 참 좋습니다.

교육제도의 틀이 너무 빨리 변해서 학교현장이 갈피를 못 잡고 있는 것 같습니다.

진정으로 나라와 민족의 장래를 염려하시던 선배님들을 뵐 때마다 사람을 왜 '호모 라보르(Homo Labor)' 즉 일하는 존재라 말하는지 알 것 같습니다. 일은 단순한 생존의 수단이 아니라, 인간 그 자체라고 하신 말씀 기억합니다. 삶을 위한 일상의 모든 움직임이 다 일인 것 같네요. 나와 가족, 나와 이웃이 일치되어 서로 돕는 일상의 삶은 항상 즐겁습니다. 이런 즐거움이 연속되는 상태가 행복이 아닌가 합니다. 사람들이 행복해지기 위해서 일하는 것도 아니지만, 행복을 보장해줄 특별한 일도 없는 것 같습니다.

특별하지도 않고 별스럽지도 않은
일상이 바로 참으로 감사할 수 있는
위대한 삶이 아닌가 생각합니다.

사람은 그저 자기 일상을 열심히 살 뿐이어서, 어려우면 어려운 대로, 힘들면 힘 드는 대로, 좋으면 좋은 대로, 나쁘면 나쁜 대로 살고 있지 않나 생각합니다. 설령 고통을 겪게 되더라도, 그것을 나만이 겪는 고통인 양 불평하지 않고, 오히려 자연스럽고 당연한 일로 받아들이며, 이것이 보통 사람들의 일상이고, 이 일상이 바로 행복이 아닐까 감히 생각해 봅니다.

미국의 어느 대학 의료센터 조사에 의하면, 간단한 가사 일만으로도 노인들의 알츠하이머 발병률이 그렇지 않은 노인들에 비해 1/2 이하로 뚝 떨어졌다고 합니다. 65세 이상 노인의 1/3이 치매로 사망하는 것을 생각하면 참으로 놀라운 효과가 아닐 수 없습니다. 따라서 밖에서 하는 일만 중요한 건 아닌 것 같습니다. 마음의 평화나 안정을 얻는 데는 오히려 가정사가 더 중요하다고 생각합니다. 가장이 먼저 자진하여 집안 청소를 하고, 화분에 물을 주고, 정원수를 다듬고, 강아지 산책을 시키고, 요리를 하고, 식사 후 설거지까지 한다면, 집안에는 항상 웃음이 넘치는 홈 스위트 홈(Home Sweet Home)이 될 거라고 생각되네요.

무모한 패기만으로 품어보던 젊은 날의 포부도, 부족한 것에 대한 아쉬움도, 더 많은 것에 대한 미련도 모두 없어진 삶이야말로 진정 자유로운 삶이라고 생각합니다. 현실을 최상이라 여기며, 거부할 수 없는 현실을 구속으로 여기지 않고 나의 일부로 받아들일 때, 한순간, 한순간이 기쁘고 즐겁게 지낼 것 같네요. 특별하지도 않고 별스럽지도 않은 일상이 바로 참으로 감사할 수 있는 위대한 삶이 아닌가 생각합니다.

선배님, 죄송합니다, 이야기가 길었습니다. 늘 건강히 지내십시오.

인생 플랫폼

―

김우갑
㈜세인트관리 대표

얼마나 오랜만인가! 편지를 쓴 기억이 가물가물하다. 연필을 잡은 모습에 아련한 연민이 느껴진다. 쓰다가 되뇐다. "그대 먼 길 오시느라 힘들고 고생하셨네." 자문자답한다. "성공, 성공, 성공!" 지금 생각하니 삶의 유일한 목표가 성공, 오로지 앞만 보고 달려왔다.

얼마나 달렸을까, 한눈팔 겨를도 없었다. 정신을 차리고 주위를 둘러보니, 하차할 시간 종착역이라는 정년에 도착했다. 뒤를 돌아보니 멍하고, 허무하고, 그것이 그렇게 중요했었는지 후회스럽다. 그 시절, 삶이 팍팍한 시절에 빨리 빨리라는 속도가 몸에 배었다. 즉 빠름이 승리요, 느림은 패배라고 생각했던 것 같다. 그땐 너무나 당연시되는 분위기였다.

재직 중에 사내 노조 활동을 위해 모든 힘을 모아 열심히 했다. 그 바쁜 와중에 어려운 학위도 했다. 이제 정년 앞에서 삶의 화폭과 여백도 얼마 남지 않은 것 같다. 전체적인 윤곽도

정신을 차리고 주위를 둘러보니, 하차할 시간 종착역이라는
정년에 도착했다. 뒤를 돌아보니 멍하고, 허무하고, 그것이
그렇게 중요했었는지 후회스럽다.

선명히 보인다. 인간에 따라 차이는 있겠지만 모두가 비슷할 것이다.

지구의 생태계는 만물이 생성되고 소멸한다. 피할 수 없는 죽음. 우리도 그 속에 있다. 죽음으로 달려가는 급행열차! 속도에만 매달려 왔다. 그렇다면 느림의 미학, 비움의 풍요는 실행할 수 없는 마음속의 바램인가?

삶과 죽음! 부친이 돌아가신 지 10년이 넘었다. 너무나 빠르다. 이미 내 나이가 정년을 목전에 두고 있으니 말이다. 인정하기 싫다. 나름대로 경쟁에 노출된 삶 속에서 어떤 삶이 성공한 삶인지, 행동하고 달리고 생각했다.

전쟁과 평화, 사랑과 미움, 우정과 배신, 두려움과 공포 속에서 성공만을 위해 자신을 스스로 희생해왔지 않았는지 생각한다. 그러나 보통사람들이 그러하듯이 후회는 하지 않을 것이다.

'열심히 일한 당신 떠나라.' 광고 문구가 얼핏 스친다. 그럴듯한 명분으로 합리화시켜 탐닉하고 살아간다. "길이 끝나는 곳에 새로운 길이 시작된다"는 말이 있다. 지금부터 또 다른 길이 시작된다. 사람들은 공동체의 구성원으로 가치 있는 삶을 살아보려고 열심이다. 혼자 가면 빨리 갈 수 있겠지만, 함께 가면 멀리 가지 않을까?

이제 하늘을 쳐다보고 강바람을 쐬면서 다음 열차를 또 기다리려 플랫폼을 찾아야겠다.

때를 찾는 지혜

소재학

국제뇌교육대학원 석좌교수

이름 모른 아침 산책 친구에게!

아침마다 가벼운 산행을 하는 뒷산에는 밤나무가 유독 많다. 그러다 보니 해마다 밤이 익을 때만 되면 사람들의 호주머니가 불룩해진다. 아예 산행보다 밤을 주우러 오는 사람들이 더 많은 것 같다. 배낭을 메거나 손에 비닐봉지 등을 들고 밤 줍는 사람들도 간혹 보인다.

밤나무 아래 길을 지나다 보면 알맹이 빠진 밤송이들 사이로 빨간 알밤들이 삐죽이 얼굴 내밀 때가 있다. 그냥 지나치기도 하지만, 어느 때엔 무심코 주워서 다람쥐 청설모 먹이나 하라고 숲에 던져 주곤 한다.

오늘은 등산로 정면에 떨어져 있는 알밤 한 톨을 나도 모르게 주워들었다. 그러고 보니 주변에 빨간 밤톨들이 널려있다. 보이는 대로 몇 개를 줍다 보니 옆에 밤나무에서 청설모가 튼실한 알밤 한 송이를 물고 내려와 앞에 던져주곤 물끄러미 쳐다본다. 고맙다는 인사라도 받으려는 듯이….

대자연에 때가 있듯이 사람에게도 자신만의 때가 있다.
일에도 때가 있고, 성공에도 때가 있다. 대자연에
사계절이 있듯이 인생에도 사계절이 있다.

잠깐을 주웠는데 양쪽 바지 호주머니가 불룩하다. 이곳 밤은 개량종처럼 알이 크지는 않지만 제법 굵은 것도 있다. 굵은 놈보다 작은 쥐 밤이 맛은 더 좋다. 오늘 산행은 알밤 줍기로 대체했다.

동틀 새벽녘부터 여러 사람이 다녀갔는데도 불구하고 내 몫은 남아 있었다. 인생 역시 마찬가지이다. 너무 조급해할 필요는 없다. 남들이 다 차지할 것 같지만 누구에게나 저마다의 몫이 있게 마련이다.

무조건 부지런하다고 좋은 것도 아니다. 너무 이른 새벽에는 밤이 잘 보이지 않는다. 남들 가기 전에 일찍 가는 것도 중요하지만, 정말 중요한 것은 밤이 떨어진 뒤에 먼저 가는 것이다.

기회는 누구에게나 있지만, 가을이 되어야 밤을 주울 수 있듯이 자신만의 때가 되어야 원하는 성과를 이룰 수 있다. 그래서 세상 모든 일에는 노력 못지않게, 혹은 노력 이상으로 때가 중요한 것이다.

대자연에 때가 있듯이 사람에게도 자신만의 때가 있다. 일에도 때가 있고, 성공에도 때가 있다. 대자연에 사계절이 있듯이 인생에도 사계절이 있다.

이렇게 때를 찾는 가장 좋은 방법의 하나가 자신의 '석하리듬'을 아는 것이다. 이 '석하리듬'은 사람의 삶이 10년을 주기로 일정한 반복의 형태를 보이고 있다는 것이다.

이를 사계절로 구분해 본다면 2년은 봄이고, 3년은 여름, 2
년은 가을, 3년은 겨울로 나누어진다. 여름과 가을의 5년은
운이 좋은 시기에 해당하며, 겨울과 봄의 5년은 운이 약한 시
기이다. 특히 늦여름부터 가을까지의 3년은 사회적으로 잘 나
가는 행운의 시기가 되며, 반면 겨울 3년은 운이 가장 약한 시
기로 인생의 함정에 해당한다. 이때는 일이 잘 풀리지 않으며
인간관계에 어려움을 겪게 되고 매사 자신감을 잃게 된다. 또
한, 실패를 맛보게 되며 인간적인 배신을 겪게 되고 건강 역시
나빠지게 된다.

누구에게나 자신의 몫이 있다고 본다.

나의 자화상을 그려본다

—

차광진
철학 박사

이 못난 사람이 올해에 인생칠십 고래희(人生七十 古來稀)지만, 저 높디높은 왕후장상(王侯將相) 같은 자리 오른 적도 없고, 부귀영화도 이루지 못했지만, 마음만은 항상 편하구나. 치열한 삶의 현장에서 악을 쓰며 더럽고 비열한 마음 때문에 몇 사람이나 아프게 상처를 입혔는지는 모르지만 말이다. 천둥과 번개가 요란하게 친들 내 어찌 편안한 마음을 위축시키겠나?

군자는 세 가지가 즐거움이 있다(君子有三樂)고 했다.

■ 부모가 모두 살아계시고 형제들이 유고가 없는 것이 첫 번째 행복이요. (父母俱存 兄弟無故 一樂也)

■ 하늘을 우러러 한 점 부끄럽지 않고, 구부려 남에게 부끄럽지 않게 사는 인생이 두 번째 행복이요. (仰不愧於天 俯不怍於人 二樂也)

■ 천하의 영재들을 모아 그들을 교육하는 것이 세 번째 행

'족함을 아는 자는 항상 즐거울 것이라
지족자상락(知足者常樂),' 했거늘 그 탐욕 때문에
세상을 망치는구나.

복이니라. (得天下英才而敎育之 三樂也)

一樂도 이미 사라진지 오래되고, 二樂도 하늘을 우러러 한 점 부끄럼 없기를 바라는 마음 그리 쉽지 않네요, 三樂만은 오늘날까지 소박하게 가지려고 하나 그것조차 욕심이 아니겠나?

"王天下不與存焉이라. 王天下不與存焉이라." 맹자는 君子三樂을 바랬지 '천하의 왕 노릇 하는 것과는 상관없다'고 두 번씩이나 강조했다.

오늘날 이 나라에선 천하의 왕 노릇 하겠다고 자격도 안 되는 자들이 시끄럽게 떠든다. 불나비가 저 죽는 줄 모르고 불구덩이로 마구 들어가, 나라 사랑 민초 사랑도 없는 자들이 탐욕으로 나라를 농단하고자 한다.

천하의 왕 노릇도 위공정신(爲公精神)으로 여민동락(與民同樂)을 한다면 얼마나 좋으랴마는 천추에 오명만이 덧씌워 죽어서도 아비규환(阿鼻叫喚)의 괴로움을 벗어날 수 없겠구나.

'족함을 아는 자는 항상 즐거울 것이라 지족자상락(知足者常樂),' 했거늘 그 탐욕 때문에 세상을 망치는구나.

오늘도 나를 편안하고 즐거운 청산으로 인도하시네,

하늘이시여!

약한 놈을 강건하게 키워주셨고,

부족한 놈 지혜롭게 성장시켜 주셨네.

게으른 놈 행동과 실천으로 길러주셨으니,

오늘도 내 머리맡에 행복이 살포시 내려앉는구나!

우리의 내면은 늘 여행 중이다

이병혜
명지대 교수

전례 주기는 교회력으로 첫 번째 주일이 새해 첫날이라고 할 수 있다. 대림 주일 1주일은 예수님의 탄생을 준비하는 시기이고, 2주일은 재림하실 그리스도를 기다리는 시기, 3주일은 그리스도의 과거·현재·미래를 함께 기억하고 묵상하면서 기다리는 시기이다.

대림 주일 3주째를 맞아 미사 참례를 위해 보통 때보다 일찍 성당에 왔다. 십자가 위의 예수님을 바라본다. 내게 허락해 주신 한 해를 잘 지낼 수 있게 해주셔서 고맙고 행복하다. 시간이 나이의 제곱만큼 빠르게 간다더니 시간에 대해 생각한다.

천지창조 그때, 주님께서 우리에게 주실 그 모든 것을 창조하시고 나서 "보시기에 참 좋았다" 하신 그 이후 우리가 지구별에서 살다가는 90세 전후의 삶은 과연 주님의 시간으로 얼마나 될까? 지나온 세월은 짧게 느껴져도 하루는 길고 지루하다더니 한 학기 강의 마친 날이 겨우 엊그제인데 이번 방학은

우리들의 주소는 집이 아니라 길이 아닐까 한다.
그래서 우리의 내면은 늘 여행 중이다.

다른 때와 다르게 보내려는 기대 때문인지 벌써 길고 힘들게 느껴진다.

'어바웃 타임'이라는 영화가 있다. 이 영화를 보면 시간을 되돌려 과거로 돌아갈 수 있는 특별한 능력을 갖추고 있는 아버지와 아들의 이야기가 등장한다. 그 영화의 주인공들처럼 자유자재로 삶을 바꿀 수 있는 능력이 있다면, 아니 과거로 되돌릴 수만 있다면, 우리는 과연 최고 최선의 삶을 살아낼 수 있을까? 영화에서조차 여러 번 시도해도 만족해하지 않던 주인공들의 이야기가 떠오른다.

시간이 지난다는 것은 떠나보내야 하는 것들이 생기는 것임을 알아가는 과정이며, 마음을 잇는 것은 곧 마음 그 자체를 체감하는 과정이기도 하다. 두 번은 살 수 없고 다시는 되돌아오지 않기에 더없이 아쉬움을 남긴다.

내게도 그런 기회가 주어진다면 나는 과연 어떤 부분의 삶을 바꾸려 할까? 이번 주 고해성사를 하러 간다. 잘 한 것 보다 반성의 여지가 많은 것들에 대한 기억들을 떠올린다. 누구에게나 자기 존재 깊은 곳에 박힌 한두 개 정도의 혹 같은 것이 있을 수 있듯이 나 또한 그렇다.

인생이란 긴 시간의 실타래를 착하고 성실하게 엮어간다고 죽어서 주님께 칭찬받을 수 있는 그런 건 아니다. 그렇다고 자신을 스스로 자책할 것도 없다. 갈등의 실마리만 다를 뿐 본질은 늘 같은 상황이 반복되는 것은 타고난 우리의 성격이 지속해서 상대와 부딪치는 존재일 수밖에 없는 것이 아닌가 하는 두려움도 든다.

다시금 과거로 돌아가지 못한다면 이제까지와 다른 내일 즉 미래를 만들어 갈 기회는 바로 지금 이 순간부터라는 생각과 그것을 행할 사람은 바로 '나'인 것은 분명한데 어디서부터 어떻게 시작을 해야 할지 모르겠다.

우리들의 주소는 집이 아니라 길이 아닐까 한다. 그래서 우리의 내면은 늘 여행 중이다. 인생에서 모험이란 따로 있는 것이 아니라 일상에서 소중한 인연이 되어 벽을 깨게 하는 모든 사건들이 모험이고 함께 했던 순간순간이 아름다운 여행일 것이다.

우리 집 식탁 위의 작은 말씀 구절이 해답일지 모르겠다.

언제나 기뻐하라

항상 감사하라

늘 기도하라.

마음먹기에 달렸다

이만의
전) 환경부장관

더위에 짜증내는 사람들에게!

"왜 이리 더워?" "날씨가 미쳤나, 정말 못 견디겠네!" "기상청 일기예보란 게 틀리잖아, 아이참!" 올해 여름엔 혹서에 시달리면서 많은 사람이 스트레스를 받았다. '공포의 무더위'를 이겨내고 시원한 가을바람을 즐기는 분들은 모두 승리자이다. 행복을 이야기할 때 기후와 날씨를 빼놓을 수 없다. 인간은 환경의 지배를 받지 않을 수 없기 때문이다.

행복하기 위해서 살아간다고 생각하는 사람들이 드물지 않다. 요즈음엔 행복하려면 돈이 많아야 한다는 얘기도 종종 듣는다. 옛날에는 '부귀다남(富貴多男)' '수복강녕(壽福康寧)'이라 하여 돈과 명예와 여러 아들을 둬야 행복하다거나 오래오래 복 누리며 편안하게 사는 것이 행복이라고 보았다. 불과 2, 3세대 전의 표현인데 짧은 기간에 우리 사회가 크게 변했음을 실감할 수 있는 내용이다.

푸른 하늘에 행복의 메아리를 채우자, 살아있는 모든 것들은
좋은 일과 나쁜 일이 교차 한다는 자연의 섭리를 이해하면서
살아가는 것이 인간 아닌가요.

행복은 지금 이 순간, 오늘을 중심으로 챙겨야 할 '느낌'이다. 이 세상이 어떠한가는 내 마음먹기에 달려있다. 세상은 결코 녹록하지 않다고 말한다. 녹록하지 않게 보는 내 느낌이 문제의 씨앗이다. 입에 맵고 독한 것도 내 몸에 좋은 것이니 기쁘게 먹어야겠다는 생각을 택하면 어렵지 않게 삼킬 수 있지 않은가!

辛라면 광고를 볼 때마다 한결같이 세상을 아름답고 고맙게 보려고 노력하는 내 마음 한 획을 辛자에 더하면 幸이 되기에, 진정 행복의 비결은 '마음먹기'에 있음을 확신한다.

여러 개의 점이 모이면 선이 되는 건 수학의 기본 원리다. 내 마음에서 샘솟는 사랑, 겸손, 감사, 미소, 친절, 용서, 사과, 진실, 희망, 인내, 협력, 존경, 위로, 보호, 동행, 나눔. 이러한 싱그러운 점들을 이어 가면 행복으로 연결된다.

辛자에 선(一)하나 얹으면 바로 행복을 만들어 幸이 되지 않는가! 나와 내 가족, 이웃, 친지들에게 내가 보내는 마음의 점들이 진정 함께 섞이고 이어질 수 있는 것들인지, 이 가을에 스스로 살필 일이다.

"너 자신을 알라."고 부드럽게 내 가슴의 빈 구석을 파고드는 소크라테스의 속삭임을 어둠에 스며드는 한 줄기 빛으로 여기고, 이 가을엔 나 자신을 새롭게 정돈하자.

상처 나고 스트레스라는 먼지에 뒤덮인 내 마음의 선(線)을 회복하여 무더위가 남기고 간 幸자에 덥석 엎어서 幸의 가을로 튼튼히 거두자. "아, 나는 행복합니다!"

푸른 하늘에 행복의 메아리를 채우자, 살아있는 모든 것들은 좋은 일과 나쁜 일이 교차 한다는 자연의 섭리를 이해하면서 살아가는 것이 인간 아닌가요.

아이에게

—

해피 스님
근본경전연구원 원장

새로 태어날 아이에게!

버스 안에서, 부른 배를 손으로 지긋이 감싸고 있는 임산부를 보았습니다. "이 아이가 편안히 머물다가, 건강하게 태어나서, 훌륭한 삶을 살아가게 되기를! 축원합니다."

어려운 사회 환경 조건을 만나지 않고, 개별적 조건을 잘 갖추어 삶의 과정에서 어떤 상황을 만나더라도 현명하게 대응할 수 있기를 바라면서 미지의 아이에게 몇 자 적어봅니다.

아이여! 작은 것을 쌓아서 큰 것을 만들어야 합니다.

삶은 매일 매일을 누적하며 변하는 것입니다. 시간 시간을 누적하고 지금 지금을 누적하며 변해가는 것입니다. 작은 것을 쌓아서 큰 것을 만들어야 합니다. 한꺼번에 많은 것을 올려놓으면 감당치 못하고 쓰러지기 마련입니다. 오랜 세월 시간을 누적하며 변해가는 자기를 보고, 조금씩 커져가는 그대의 삶을 기뻐해야 합니다.

나는 지금을 삽니다. 그리고 지금은 과거 위에 서 있습니다. 과거의 연장선에 현재가 있고, 현재는 다시 미래를 향해 멈추지 않고 달려갑니다. 시간과 그 위에 펼쳐지는 우리의 삶은 이렇게 과거-현재-미래로 이루어져 있습니다.

과거를 연장해 미래를 만드는 현재가 있고, 현재는 행위라는 이름으로 가치를 가집니다. 과거에 어떤 현재를 더 하는지에 따라 어떤 미래가 만들어지는 것입니다. 나의 미래를 지금 행위를 통해 스스로 창조해 간다는 것입니다. 그래서 행위의 중심은 현재에 두어야 합니다.

행복할 것인지 괴로울 것인지의 결정에는 누적된 과거보다는 행위 하는 현재의 비중이 훨씬 큽니다. 그래서 삶의 중심은 과거가 아니라 현재인 것입니다.

과거의 연장선 위에서 미래를 향해 달려가는 나의 삶에서 행위는 엔진입니다. 행복한 삶의 실현, 향상된 미래를 이정표(里程標) 삼아 행위의 방향을 이끌어야 합니다. 눈앞의 매력(魅力)을 탐하는 데 급급해 행위가 방향을 잃으면 삶은 커다란 위험(危險)을 부르게 됩니다.

삶은 어렵습니다. 한 사람인 내가 세상의 많은 사람과 함께 살아가야 하기 때문입니다. 많은 사람의 원함이 다르니 내가 원하는 대로 세상이 돌아가 주기를 바란다면 아마도 어리석다

삶은 어렵습니다. 한 사람인 내가 세상의 많은
사람과 함께 살아가야 하기 때문입니다.

할 것입니다. 그래서 어떤 형태 어떤 크기로든 삶에는 불만족이 따르기 마련입니다.

그래도 행복해야 합니다! 불만족을 줄여가면서 만족을 찾아가는 삶을 살아야 합니다.

세상의 많은 사람 특히 살아온 과정이 길지 않은 사람들은 이 예측에 어둡습니다.

멘토를 만나십시오. 살아온 과정의 도움으로, 나의 선택에서 어둠을 걷어내고 불만족을 떠나 만족을 향해 출발할 수 있도록 거침없이 도움을 요청하십시오.

알겠니, 아이야? 작은 것을 쌓으며, 눈이 미래를 놓치지 않는 가운데 어른을 찾아 만나면 작은 불만족들을 떠나 만족을 향해 출발할 수 있단다. 그런 시간을 쌓으면 아이의 삶이 행복하고 향상으로 이끌리게 된단다.

아이야, 부디 행복하렴!

어느 여중생의 유서

김 기 옥
전) 동작구청장

지인 편지에 대한 답신으로 편지를 씁니다.

'행복이란 무엇인가? 행복이란 있는 것인가?'

오랫동안 적조했던 후배로부터 전화를 받고 떠올려본 의문이다. "선배님. 저의 관내 ㅇㅇ중학교 여학생이 성적을 비관하여 자살한 사건이 생겼습니다. 잠시 짬을 내셔서 그 학교 학생들에게 젊은 날의 삶에 대하여 말씀해 주실 수 없으신지요?"

사연이 절박하여 그 학교를 방문했더니 교장선생님이 한통의 편지를 내밀었다. 단아한 글씨로 깨알같이 적어 내려간 사연은 다음과 같은 유서였다.

'나는 행복이 무엇인지 모른다. 누가 가르쳐주지도 않았고 느껴보지도 못했다. 엄마는 오늘도 내 모의고사 성적이 떨어져 친구들 보기가 창피해서 동창모임에 나가지 않았다고 소나기를 뿌린다. 숨을 쉴 수가 없다. 너무 답답하다. 나는 엄마

엄마는 오늘도 내 모의고사 성적이 떨어져 친구들 보기가
창피해서 동창모임에 나가지 않았다고 소나기를 뿌린다.

손에 이끌려 유치원에 들어간 날 이후 웃어 본 일이 별로 없다. 그저 공부해라. 공부, 공부! 독촉하는 엄마가 무섭고 엄마 편만 드는 아빠가 밉다.'

학생의 긴 사연을 읽으며 울화가 치밀었다. 어른인 내 자신이 부끄러워 얼굴을 붉혔다. 도대체 학교 성적이 뭐라고? 엄마의 체면이 뭐라고? 피지도 못한 꽃봉오리를 지게 했을까? 이 학생에게 여유가 무엇인지, 만족의 용량은 어느 정도인지 가늠해 줄 스승은 진정 없었던가?

한참 동안 어떻게 할 수가 없어 멍하니 있다가, 다시 한 번 삶과 행복의 실재에 대한 강한 회의를 갖게 했다. 나를 비롯해 덜 성숙한 어른들의 무책임과 교육당국의 경쟁 위주의 교육이라고 생각하며 씁쓸한 냉소를 금할 수 없었다. 누가 이 아이의 꽃 같은 청춘을 보상한단 말인가! 지난날들이 부끄럽기만 했다.

물론 "행복하게 살아야 한다. 좌절해선 안 된다. 성공해야 한다. 세상은 살만한 가치가 있는 것이다."라고 늘 말해온 자신이 오늘 따라 더 부끄러웠다.

물론 행복을 어떻게 규정하느냐에 따라 여러 가지 형태와 느낌으로 표현할 수 있을 것이다. 나는 인간에게는 어느 정도의 '성공과 만족'이 있을 뿐이지 영원한 평안을 보장하는 행복은 없다고 생각한다. 왜 일까?

행복은 절대자의 영역에만 존재하는 것이고 인간은 그걸 구하려고 무영탑을 쌓다가 무너지는 과정을 반복 답습한다고 보아야 한다.

하늘을 쳐다본다. 하얀 구름이 어디론가 말없이 흘러간다. 가을볕이 따갑다. 오늘도 우리가 추구하는 행복은 그것을 얻으려는 허망한 무영탑일 뿐이다.

어린 영혼의 명복을 빈다. 쓸쓸하다. 발걸음이 무겁다.

아무리 바빠도 가족과 함께

원광호
전) 국회의원

바쁘다는 핑계로 함께 못한 가족에게 드리는 속죄의 편지입니다

나는 유난히 일찍부터 결혼식 주례를 오랫동안 경험한 탓에 지금껏 3천 번 이상 결혼식장에서 행복 강의를 한 셈이다. 그때마다 행복이란 무엇이며, 기준은 무엇이고 이런저런 행복론을 늘어놓고 행복하게 잘 살라는 당부도 빼놓지 않았다. 그러나 막상 그렇게 행복을 잘 알고 행복을 느끼고 사는 것처럼 주례사를 해왔지만 실상 되돌아보면 과연 나는 행복했으며 지금도 행복한지 자문자답해보면 허무하기 그지없다.

그도 그럴 것이 허구한 날 주말이면 가족과 함께 변변한 나들이도 못 했고 맛있는 먹거리도 찾을 기회가 별로 없었기 때문에 가장으로서 역할은 물론 높은 점수를 받을 리 없고 거기다 국회의원으로서 나랏일에 신경 쓴답시고 아이들 잠들었을 때 집을 일찍 나오고 또한 저녁에는 가족 모두가 곤히 잠들어

행복 기준 첫 번째가 식구들이 다 함께 모여 저녁을 먹으며
그날에 있었던 즐겁고 힘들었던 일들을 털어놓고 이야기한다

있을 때 집에 들어가 얼굴만 물끄러미 쳐다보고 잠자리에 들곤 했다. 의원직을 마치고도 한글과 세종대왕에 미쳐 국내는 물론 요즈음은 해외 순회강연에 몰두한 처지라 더욱 가족과의 대화 시간이 없는 실정이다.

이러니 나의 삶이 행복한 삶이라고 할 수 있을까? 자문해 본다. 그렇다면 나 같은 사람은 행복을 어디서 찾고 행복 기준을 어디에 둘까? 사람마다 행복 기준치가 있고 만족감은 분명 다를 것이다. 하지만 흔히들 행복 기준을 말할 때나 아니면 동창회에서 만난 친구들이 "너는 어디의 무슨 아파트에 사느냐?, 몇 평이냐? 자동차 차종은 뭐냐? 남편은 이번에 전무 됐다, 너는 정말 행복하구나, 부럽다" 등등 수다 일색이다.

과연 이와 같은 조건들로 행복을 말할 수 있을까? 어느 잡지에서 본 기억이 난다. 선진국 사람들의 행복 기준 첫 번째가 식구들이 다 함께 모여 저녁을 먹으며 그날에 있었던 즐겁고 힘들었던 일들을 털어놓고 이야기한다든지 온 가족이 오페라, 음악회, 영화를 보고 와서 평가하고 토론하고 웃고 즐기며 식사하는 가정이 행복한 가정이라는 글을 보았다. 이처럼 행복은 그 나라 문화와 습관에 따라 행복 기준이 다름을 알 수 있었다.

이 기회에 사랑하는 가족들에게 미안하다는 말로 위로하고 앞으로는 아무리 바빠도 가족과 함께 보내는 행복을 찾겠다는 다짐을 해본다.

코리안 드림을 꿈꾸며

―
서종환
문공회장

통일을 염원하는 사람들에게 드립니다.

오늘날 한민족의 후손으로 한국에 사는 모든 사람의 꿈이 있다면 아마도 조국의 평화와 통일이라고 생각합니다. 통일시대를 살아갈 젊은이들은 우리의 통일정신을 갖춰졌으면 하고 염원합니다.

그것은 한민족이 함께해온 반만년 역사 속에서 한민족의 정체성과 운명을 발견할 수 있습니다. 한민족이 세운 고대국가인 고조선의 건국 정신인 '홍익인간' 으로부터 한민족 정체성의 뿌리를 찾을 수 있으며, "크게 인간을 돕고 널리 세상을 이롭게 하라"는 이상은 한민족의 역사와 문화 속에 깊게 내재하여 있습니다. 따라서 통일은 민족의 역사적 이상인 홍익인간을 실현하는 것이 되어야 합니다.

모든 인간은 평등하게 태어났고, 생명권과 자유권과 행복추구권을 주었다는 것입니다. 그리고 이 홍익인간의 의미를 어떤 정부도 침해할 수 없으며, 만약 정부가 이 권리를 침해한다면, 시민은 스스로 언제든지 변혁하고, 해체하여 새로운 정부를 구성할 수 있는 권리를 가진다는 내용입니다.

우리 민족은 고귀한 이상을 이미 반만년 이상 가지고 나왔습니다. 우리 민족의 건국 정신인 홍익인간 정신이 바로 그것입니다. '크게 인간을 돕고 널리 세상을 이롭게 하라'는 홍익인간 정신에 우리 민족의 원초적인 꿈과 이상이 담겨 있습니다. 홍익인간 정신은 개개인의 인권은 물론 사회와 공동체 윤리를 규정하고 나아가 국가의 통치 철학을 제시하고 있습니다. 나라에 있어서 백성의 위치와 권리를 추구할 수 있는 민권의 정신도 담겨 있습니다. 국민국가가 형성되기 훨씬 전인 고대국가에서 이처럼 심오한 건국 정신이 선포된 것은 참으로 놀라운 사실이 아닐 수 없습니다.

홍익인간의 건국 정신에서 출발한 한민족의 코리안 드림만이 한반도의 통일을 넘어 궁극의 세계평화를 달성할 수 있는 꿈입니다. 널리 온 인류를 이롭게 하는 평화 세계를 건설할 수 있는 코리안 드림이 바로 오늘 우리가 함께 꾸어야 할 위대한 희망이자 행복한 나라를 만드는 길입니다.

한민족의 후손으로 한국에 사는 모든 사람의 꿈이 있다면
아마도 조국의 평화와 통일이라고 생각합니다.

세상사 모든 일은 상대적

—

선상신
불교방송 사장

과중한 업무 때문에 가정을 돌보지 못하는 근로자에게 휴일은 행복 그 자체이다. 그러나 출근할 곳이 없는 무직자에게 휴일은 의미 없는 시간일 뿐이다. 세상사 모든 일은 상대적이다.

불교의 경전 가운데 법구비유경(法句譬喩經)에는 이런 구절이 있다. '하늘에서 칠보(七寶)비를 내려준다 하더라도, 만족함을 모르는 사람은 항상 가난하고, 만족함을 아는 사람은 가난해도 부(富)하다.' 인간은 자신이 처한 상황과 생각에서 세상사를 판단하고 행동하는 습관을 지니고 있다.

우리들은 때때로 사물을 바라볼 때 자기중심적으로 사고하고 남의 탓을 하는 경향이 강하다. 이런 태도가 반복되면 이기적인 모습을 띠게 되고 주변 사람들과의 관계도 나빠지게 된다. 주변에 자신을 도와주는 사람보다는 자신을 싫어하는 사람들이 늘어나게 된다.

타인의 삶을 배려하지 않는데 누가 자신의 주변에 머물 수 있겠는가? 우리는 왜 자기중심적 사고를 하게 될까? 바로 욕심 때문이다. 욕심이 생기면 모든 것을 가지려 하고, 가질 수 없으면 분노하게 되고, 마음이 혼탁해져서 바른 판단을 할 수 없게 된다.

나는 요즈음 모든 일에 감사하는 마음으로 살아가려고 노력하고 있다. '범사에 감사하라'는 성경의 구절도 생각난다. 직장생활이 바쁘고 힘들고 지칠 때면 출근할 곳이 없어서 마음이 불안했던 시절을 떠올린다. 지난해 말 스키장에서 팔을 다쳐 몸이 불편할 때도 아픈 팔 덕분에 집에 일찍 퇴근할 수 있어서 과음을 피하고 휴식을 취할 수 있어 다행이라고 생각하곤 했다.

늦은 나이에 얻은 귀한 아들을 잘 키워야 한다는 중압감은 늦둥이 자식을 위해 건강해야 한다는 책임감과 갱년기 우울증을 잊게 해주는 묘약으로 작용하고 있다. 이처럼 나에게 주어진 환경을 최대한 긍정적으로 받아들이고 행동하는 습관이 나를 항상 행복하게 만든다.

최근 우리나라에서 벌어지고 있는 여러 가지 혼란을 접할 때면 마음이 불편할 때가 적지 않다. 진실 여부를 가리지 않고 가짜 뉴스를 쏟아내는 각종 미디어, 우리나라 주변에서 벌어지고 있는 강대국들의 움직임, 우리의 안보를 위협하는 한반

좋은 결과를 가져온다는 평범한 진리를 믿고 지금부터라도
주변의 모든 상황을 긍정적으로 받아들이는 습관을
지녀보면 어떨까?

도 북쪽의 적대세력, 갈수록 팍팍해지는 우리들의 삶 그리고 예측 불가능한 인류의 미래 등등….

온 천지가 불난 세상과 같다는 말이다. 이런 상황에서 우리는 어떻게 행복해질 수 있다는 말인가? 그러나 이제부터라도, 자신만이라도 좋은 생각을 하는 습관을 지니도록 노력해보자. 좋은 생각은 좋은 습관을 낳고, 좋은 습관은 좋은 업을 만들며, 좋은 업은 좋은 결과를 가져온다는 평범한 진리를 믿고 지금부터라도 주변의 모든 상황을 긍정적으로 받아들이는 습관을 지녀보면 어떨까? 지금 벌어지고 있는 모든 일은 우리나라를 더욱 좋은 나라로 만들어주는 밑거름이 될 것이라는 확신을 하고 말이다.

행복한 죽음

—

오진탁

한림대 교수

K 군, 대학에 입학한 게 얼마 전인데, 벌써 군대에 입대했군. 시간이 빠르긴 빠르네.

사람은 누구나 행복하기를 원하고 불행을 원하지 않지. 행복과 관련해 사람들이 쉽게 간과하는 게 바로 죽음이라네. 삶에서 가장 큰 고통은 바로 죽음이겠지. 어떤 사람이 아무리 잘 살았다 한들 죽음을 준비해 임종 순간 적절하게 대응하지 못한 채 죽었다면 그가 삶을 '잘' 살았다고 말할 수는 없겠지?

우리는 흔히 행복한 삶, 건강한 삶만 생각할 뿐이지. 자네도 '행복한 죽음', '건강한 죽음'이란 말은 들어보지 못했을 거야.

행복한 삶은 행복한 죽음, '아름다운 마무리'와 무관할 수 없는 법이지. 행복은 삶과 죽음 모두에 관계된다네. 삶과 죽음은 둘이 아니라 하나이니까. 그래서 삶의 질이 낮은 것처럼, 죽음의 질 역시 바닥이라는 평가를 받는 거지.

미국의 조지 베일런트 교수는 하버드대 출신 268명의 삶을 72년간 추적 조사한 결과, 행복의 첫 번째 조건으로 고통에 대처하는 방어기제를 꼽았네. 행복한 삶을 이끄는 가장 중요한 요소가 무언가 하면, 삶의 고통을 수용해 극복하는 성숙한 삶의 자세로 밝혀졌지.

바람에 흔들리지 않으면서 피는 꽃이 없듯이 고통 없이 사는 사람이 어디 있겠나? 지금 청년세대만 어렵다고 생각할 건 없다네. 사바세계는 고통과 함께 살아가는 세상 아닌가!

또 삶의 고통 중에서 가장 큰 고통은 무엇이겠나? 바로 죽음의 고통이겠지. 죽음보다 큰 고통이 어디 있겠나.

K 군, 이제 우리는 행복을 삶의 문제에만 한정시킬 게 아니라 '행복한 죽음' '아름다운 마무리'에까지 확대해야 한다네.

나이가 들어 육체적으로 노쇠해져 갈수록 정신도 나약해지기에 십상이지. 그렇다고 정신력마저 함께 나약해질 이유가 어디 있겠는가? 육체적으로 쇠약해져도, 임종의 순간까지 정신적으로 행복이 '인간다운 존엄한 품격 높은 삶'을 지향하는 것이라면, 우리가 간과해서는 안 되는 문제가 바로 '평온한 죽음'이라네.

임종 순간까지도 인격적으로 성숙을 거듭할 수 있으므로, '죽음은 성숙의 마지막 단계'라고 말하는 게 아닌가!

K 군, 왜 갑자기 20대에게 죽음을 말하는지, 그런 생각은 들지 않았나? 한번 생각해보게나. 죽음은 나이와 세대를 가리

지 않는다네. 죽음을 준비하는 것은 삶을 보다 의미 있게 살도록 하기 위함이므로, 시간이 아직 많이 남은 2030 세대에게 더 필요하다네.

스티브 잡스는 17살 때 다음 경구를 보았다고 하는군. '매일 인생의 마지막 날처럼 산다면 언젠가는 의인이 되어있을 것이다.' 이 경구에 감명을 받은 그는 33년간 매일 아침 거울을 보면서 물어보았다네. "오늘이 내 인생의 마지막 날이라면, 지금 하는 일을 계속할 것인가?" 'No'라는 답을 얻을 때마다 그는 변화가 필요하다는 것을 알게 되었다고 하는군. '곧 죽는다'는 생각은 그가 인생의 결단을 내릴 때마다 가장 중요한 도구였다네.

K 군, 말하다 보니까 조금 길어졌군. 군 생활 마치고 만나자.

바람에 흔들리지 않으면서 피는 꽃이 없듯이 고통 없이
사는 사람이 어디 있겠나?

65인의 내밀한 고백

이 책은 예순다섯 분의 진솔하고도 내밀한 고백을 담은 편지로 꾸며졌습니다. 사별한 남편과 아내에 대한 그리움, 배우자에 대한 고마움과 미안함, 돌아가신 부모님에 대한 추억과 회한, 자식과 손자에 대한 사랑과 격려, 스승에 대한 감사함, 친구와의 우정, 자신 스스로에 대한 다짐, 어려움에 처한 사람에 대한 위로 등 다양한 사연의 내용입니다. 애잔함과 추억과 사랑과 위안이 녹여져 있습니다.

옥고를 편집하면서 자신과의 관계를 포함한 '인간관계란 무엇인가'를 다시금 느끼게 했습니다. 사랑하는 마음, 감사하는 마음, 위로와 격려의 마음을 전하면서 살아가면 좋겠다는 생각을 하면서도, 차마 표현하지 않으면서 살아가는 것이 인간관계인 것 같습니다.

간단한 문자메시지로 소통하는 세상에서 마음을 내려놓고 진솔하게 쓴 편지는 자신 스스로 누군가에 대한 마음을 정리하게 하며 상대방에게 깊은 감동을 줄 것입니다. 이 책은 65

인 필자의 개인적인 사연과 생각들이 담겨있지만, 누구나 공감할 수 있는 내용입니다.

책을 읽으면 배우자의 소중함을 느끼게 될 것입니다. 부모님에 대한 고마움과 돌아가신 부모님에 대한 그리움이 사무칠 것입니다. 자식과 손자에 대한 사랑이 가슴에 물결칠 것입니다. 자신을 다시금 스스로 생각하게 할 것입니다. 어려움에 처한 사람에 대한 애틋함이 피어날 것입니다.

책을 기획한 〈행복문화포럼〉에서 2년여에 걸친 원고 취합을 통해 출간하게 됨을 축하드리며 귀중한 옥고를 집필해 주신 필자님들께 감사드립니다. 편집 과정에서 통일성과 분량 조정을 위해 첨삭하였음을 널리 혜량하여 주시기 바랍니다.

편집위원장 윤문원

못다한 공감편지
■
편지를 써 본지 얼마나 되셨습니까?